# 雲中歌

桐華◎著

卷四

## 心繫半生願

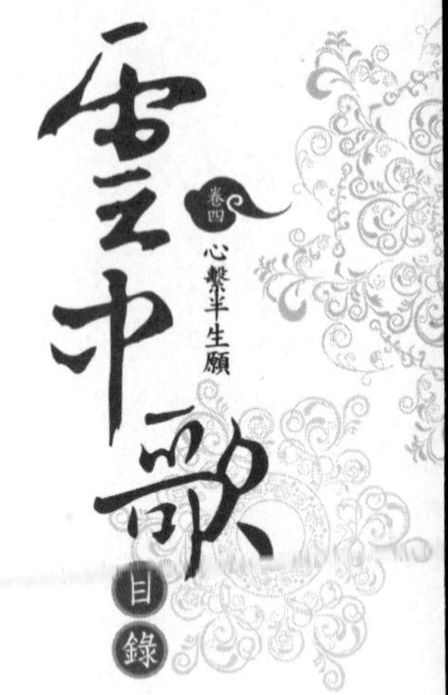


# 目錄

# 第二十九章 比翼今生

她那麼無助，可他只能眼睜睜地看著她墜落。
他拖她入險境，卻保護不了她。
他只能眼睜睜地看著自己如何失去她。
他只能看著……

夜深唯恐花睡去，故點紅燭照高堂。
好似怕一個閃神，就會發覺雲歌已經消失在他的眼前，劉弗陵不許有一絲黑暗影響他的視線。
宣室殿內，燭火通明，將一切都映得纖毫畢現。
張太醫半跪在龍榻前，為雲歌針灸。
劉弗陵怕驚擾張太醫的心神，所以站在簾外，眼睛卻是一瞬不瞬地盯著簾內。
于安和七喜、六順等宦官黑壓壓地跪了一地，殿內殿外都是人，卻沒有任何聲音，殿堂內凝著壓人心肺的安靜。

很久後，張太醫滿頭大汗地出來，疲憊地向劉弗陵磕頭請退，「臣明日再來。皇上不用擔心，雲姑娘傷勢不重，休養一段日子就能好。」

劉弗陵溫言說：「你回去好好休息。」

張太醫跟著一個小宦官出了大殿。

劉弗陵坐到榻旁，手指輕緩地描摹過雲歌的眉毛、眼睛、鼻子……

他從前殿匆匆出來，剛趕到滄河，看到的一幕就是雲歌倒掛在高臺上。

突然之間，冰臺坍塌，冰雪紛飛。

她如折翅的蝴蝶，墜向死亡的深淵。

她那麼無助，可他只能眼睜睜地看著她墜落。

他拖她入險境，卻保護不了她。

他只能眼睜睜地看著自己如何失去她。

他只能看著……

劉弗陵在雲歌榻前已經坐了一個多時辰。于安看皇上似想一直陪著雲歌，遲疑了很久，還是咬牙開口：「皇上，還有一個多時辰就要天亮了，天亮後還有政事要處理，皇上稍稍休息一會兒，雲姑娘這邊有奴才們照看。」

照看？劉弗陵抬眸看向于安。

與劉弗陵眼鋒相觸，一幫宦官都駭得重重磕頭，于安流著冷汗說：「皇上，是奴才辦事不力，求皇上責罰。」

六順忙說：「與師父無關，是奴才無能，中了侍衛的計，未護住雲姑娘，奴才願領死罪。」

劉弗陵淡淡問：「抹茶、富裕還活著嗎？」

于安立即回道：「富裕重傷，抹茶輕傷，都還昏迷著，不過沒有性命之憂。等他們醒來，奴才一定嚴懲。」

劉弗陵看著跪了一地的宦官，幾分疲憊，「你們跪了一晚上，都回去休息吧！」

六順愕然，皇上什麼意思？不用辦他們了嗎？

劉弗陵揮了揮手，「都下去！」

所有宦官都低著頭，迅速退出了大殿，一會兒工夫，大殿就變得空蕩蕩，只剩于安一人未離開。

于安期期艾艾地說：「皇上，奴才以後一定會保護好雲姑娘，絕不會讓這樣的事情再發生。」

劉弗陵凝視著雲歌，近乎自言自語地問：「護得了一時，護得了一世嗎？宮內的侍衛都是他們的人，你真能保證再無一點疏忽嗎？還有躲在暗處的宮女，你每個都能防住嗎？」

于安無語，這樣的問題……

就是問皇上的安全，他都無法回答，何況雲歌的？畢竟宦官人數有限，他的首要責任是保護皇上安全，能分給雲歌的人手有限。如果霍光下定決心要雲歌的命，他根本不能給皇上任何保證。

于安看向雲歌，忽然覺得她的命運已定，只是早晚而已，心內痛惜，卻想不出任何辦法挽救。

劉弗陵笑著搖頭，的確如孟玨所言，自己能留下她，卻保護不了她，嘆道：「你下去吧！朕想和雲歌單獨待著。還有，雲歌醒來，肯定會問起抹茶和富裕，不用責罰他們了，這件事情到此為止。」

于安看到劉弗陵的神色，不敢再出聲，默默退了出去。

劉弗陵坐於地上，一手握著雲歌的手，一手順著雲歌掌紋上的生命線來回摩挲。

他不能再讓「意外」發生，不是每次「意外」都會幸運地化險為夷。雲歌若因他而……而……

親眼看著雲歌摔下時，那種沒頂的絕望又淹沒了他。

劉弗陵的手緊握住了雲歌的手，用力確認著她的安然。

如何才能真正根除「意外」？

只有兩條路可走：一是除掉霍光，可這根本不是三年五載內就可以辦成的，這是一場長期較量，一招不慎，就會是傾朝之禍，是天下動亂。二是……是讓雲歌離開。離開這個她本不屬於的宮殿，離開長安城的漩渦。

他該給她自由的。不是嗎？她本就屬於更廣闊的天地，不屬於這每個角落都充滿陰謀、鮮血的宮殿。

可是，自相逢，自擊掌盟誓，她就是唯一。

這麼多年的等待，就是米粒大小的種子都已經長成參天大樹，何況他的相思？她已經長在他的心上，盤根錯節，根深柢固。

若想拔去她，也許需要連著他的心一塊拔去。

誰能告訴他，一個人如何去割捨自己的心？

雲歌恢復知覺時，只覺得五臟如火焚一般疼，不禁呻吟出聲。

劉弗陵忙問：「哪裡疼？」

雲歌緩緩睜開眼睛，恍恍惚惚間，幾疑做夢，「我活著？」

劉弗陵點頭，「孟玨救了妳。」

雲歌怔了怔，微笑著說：「那你應該好好謝他。」

劉弗陵聽雲歌的話說得別有深意，心頭幾跳，不能置信的狂喜下竟一句話都說不出來，只呆呆看著雲歌。

本以為已經死別，不料還有機會重聚，雲歌有難言的喜悅，輕輕碰了下劉弗陵的眉間，心疼地責怪：「你一夜沒有睡嗎？怎麼那麼笨？我在這裡睡著，又不會有知覺，你陪著也是白陪，幹麼不睡一會兒呢？」

劉弗陵順勢握住了雲歌的手，雲歌並未像以前一樣試圖抽手，而是任由他握著，只幾分不好意思地低垂了眼。

劉弗陵心內的不確信全部消失，只餘喜悅，如海潮一般激蕩著。

屋外是一個陽光燦爛的明媚天，屋內是一個多年夢成真的如幻境。

劉弗陵將雲歌的手放在臉側，輕輕摩挲，先是唇角微彎的微笑，繼而是咧著嘴的大笑。

雲歌心中也是抑制不住的喜悅，瞥到劉弗陵臉上的笑容，她也忍不住地想咧著嘴笑，只是腹內抽著疼，不敢放意。

原來人生的路，其實很簡單，前後不定才最痛苦，一旦下定決心向前走，那麼即使前方布滿荊棘，也無所畏懼，也依舊可以快樂。

兩個人像兩個小傻瓜一樣，誰都不知道說什麼，只相對呆呆傻笑。

屋外。

于安試探地叫了聲「皇上」。

兩人從傻笑中驚醒。

劉弗陵說：「別來煩我，今日我誰都不見，讓他們都回家，陪老婆孩子好好過年去。」

于安剛想張嘴的話，全堵在了嘴裡。

雲歌小聲說：「小心人家罵你昏君。」

劉弗陵笑：「昏就昏吧！我本來就不清醒了，現在出去處理事情，鬼知道會說出什麼話來。」

皇上的說話語氣是從未聽過的輕快，聲音裡有濃濃的笑意。于安覺得，昏的人已經不是皇上一個了，他現在也很昏，昨天晚上還愁雲慘澹，壓得眾人連氣都不敢喘，今日卻……

這天變得也太快了！

于安抬頭看了眼天空，一邊踱步離去，一邊嘆道：「碧空萬里，晴朗無雲，真是個好天。鬧騰了一年，是該好好過個年，休息幾天了！」

屋裡。

劉弗陵問雲歌：「難受嗎？要不要休息？張太醫晚上會再過來給妳扎針。」

雲歌搖頭，「你不要逗我大笑就行，慢慢地說話沒有關係。」

「雲歌，我想和妳說……」

「陵哥哥，我想和你說……」

兩人笑看著對方，同時張口想說話，又同時停止。

「你先說。」雲歌開口。

劉弗陵道：「妳先說吧！」

雲歌不好意思地笑了笑，低垂著眼睛說：「陵哥哥，昨天晚上我想通了件事情。我落下的時候，很後悔遺憾，覺得好多該做的事情沒有做。人生有太多不可琢磨，沒有人能真正預料到將來會發生什麼。我不想事到盡頭還有很多遺憾後悔，所以，如果喜歡的就該去喜歡，想做的就該去做，何必顧忌那麼多呢？」

劉弗陵凝視著雲歌輕輕顫動的眼睫毛，抑制著喜悅，輕聲問：「那妳想做什麼？」

雲歌眼睛上的兩隻小蝴蝶撲搧了幾下，「陵哥哥，我想和你在一起呀！」

簡單的一句話，卻讓劉弗陵如聞天籟，整個身心都如飲醇酒，這是多少年沒有過的快樂？

劉弗陵握著雲歌的手掌，低頭，吻落在了她的掌心，「雲歌，昨天晚上我也想通了一件事情。人生說長，其實很短，即使太太平平，也不過數十年，算上病痛意外，究竟有多長，沒有人真正知道。我這一生的遺恨、無奈已經夠多，我不想一輩子都這樣過。雲歌，還記得妳小時候給我的許諾嗎？妳說過願意和我去苗疆玩，願意陪我去走遍千山萬水？」

雲歌有點不能理解劉弗陵的意思。如果他只是「陵哥哥」，那麼所有諾言的實現，都會很容易，可他不只是她的陵哥哥，他還是漢朝的皇帝。雲歌傻傻地點頭，「我從沒有忘過。」

劉弗陵微笑：「雲歌，今後，我想只做妳的『陵哥哥』。」

雲歌大瞪著雙眼，一時間不能真正理解劉弗陵的話。

半晌後，她才張口結舌地說：「那……那……可是……可是……」最後終於磕巴出了一句完整的話，「那誰……誰做漢……漢朝皇帝？」

劉弗陵看著雲歌吃驚的傻樣子，故作為難地問：「是呀！誰做漢朝的皇帝呢？」

在巨大的喜悅中，雲歌略微清醒了幾分，伸手想打劉弗陵，「你那麼聰明，定是早想好了，還不趕緊……」無意牽動了內腹的傷，雲歌皺眉。

劉弗陵再不敢逗她，忙握著她的手，在自己手上打了下，「雲歌，妳覺得劉賀和劉病已哪個更好？我覺得這二人都不錯，我們就從他們中挑一個做皇帝，好不好？」

雲歌此時真正確定他所說的每個字都認真無比，甚至已有一套周詳的計畫去實現他的決定。

雲歌本來抱著壯士斷腕的心留在劉弗陵身邊，雖然無可奈何，可她臨死時的後悔遺憾讓她覺得，這個無可奈何也許比離開陵哥哥的無可奈何要小一點。

卻不料劉弗陵竟然願意冒險放棄皇位，雲歌只覺得她的世界剎那間明亮燦爛，再無一絲陰霾，她甚至能看到以後每一天的快樂幸福。雲歌已經很久沒有這般快樂的感覺，擠得心滿滿的，滿得像要炸開，可即使炸開後，每一塊碎屑都仍然是滿滿的快樂。

劉弗陵看雲歌先是痴痴發呆，再傻傻的笑，然後自言自語，嘴裡嘀嘀咕咕，聽仔細了，方聽清楚，她竟然已經開始計畫，他們先要回家見她父母，把三哥的坐騎搶過來，然後他騎馬，她騎著鈴鐺，開始他們的遊歷，先去苗疆玩……再去……

她要搜集食材民方、寫菜譜。漢人不善做牛羊肉、胡人不會用調料、不懂烹製蔬菜，她可以邊走，邊把兩族做食物的好方法傳授給彼此，讓大家都吃到更好吃的食物……

劉弗陵心內酸楚，他把雲歌禁錮在身邊，禁錮的是一個渴望飛翔的靈魂。雲歌在皇宮內的日子，何曾真正快樂過？

不過幸好，他們的日子還有很長。

皇位，他從來沒有喜歡過，卻要為了保住它，失去一切。把它給有能力、又真正想要的人，他們會做得更好。

放棄皇位，他可以和雲歌去追尋他們的幸福。

劉弗陵慶幸自己做了此生最正確的決定，他也終於可以按照自己的意願去飛翔，做自己想做的事情。

「雲歌，妳有錢嗎？」

雲歌還沉浸在美妙的幻想中，聞言呆呆地搖搖頭，又點點頭，「我沒有，不過我會去賺錢。」

劉弗陵嘉獎地拍拍雲歌的腦袋，「看來我這個媳婦討對了。以後要靠妳養我了。」

雲歌笑得眼睛彎彎如月牙。

「是哦！某個人只會賣官，以後沒官賣了，好可憐！將來就跟著我混吧！替我鋪床、疊被、暖炕，服侍好我，我會賞你一碗飯吃的。」

劉弗陵聽到雲歌的軟語嬌聲，看到她眉眼盈盈，心中一蕩，不禁俯身在她額頭親了下，「我一定好好『服侍』。」

雲歌臉紅，啐了他一聲，卻不好意思再回嘴，只悻悻地噘著嘴。

劉弗陵對雲歌思念多年，好不容易重逢，雲歌卻一直拒他千里之外。此時雲歌就在他身畔，近乎無望的多年相思全成了真，心內情潮澎湃，不禁脫了鞋子，側身躺到雲歌身旁，握著她的手，靜靜凝視著她的側臉，心內只覺滿足安穩。

雲歌感受到耳側劉弗陵的呼吸，覺得半邊身子酥麻麻，半邊身子僵硬。有緊張，有陌生，還有喜悅。

只願她和他安穩和樂、天長地久。

劉弗陵看雲歌緊張，怕影響到內傷，手指勾著雲歌的手指，打趣地說：「等妳病好了，我一定洗耳恭聽妳唱情歌，省得有人大庭廣眾下抱怨，這閨怨都傳到異邦了。」

雲歌和阿麗雅說時一派泰然，此時想到劉弗陵聽她當眾鬼扯時不知心裡是怎麼想的，羞紅了臉。

「你還敢嘲笑我？我那是為了幫你贏！我說那些話都是有的放矢，不是胡亂說的。羌族少女十三歲時會收到父兄為其準備的一柄彎刀，作為成年禮，等她們找到意中人時，就會把彎刀送給對方，作為定情信物。阿麗雅的彎刀還沒有送出，證明她還未定情。羌族少女頭巾的顏色也大有講究，綠色、粉色、黃色、藍色都代表著男子可以追求她們，阿麗雅的頭巾卻是紅色，紅色代表她不想聽到男子的情歌，不歡迎男子打擾她。阿麗雅既未定情，為何會用紅色？唯一的解釋就是她已經有了意中人，但是她還未告訴對方。我當時想誘她答應文鬥，必須先讓她對武鬥有畏懼，可草原女兒很少會膽怯畏懼，所以我只能盡力讓她覺得有遺憾和未做的事情。阿麗雅以公主之尊，都不敢送

出彎刀，只越發證明意中人在她心中十分特殊，阿麗雅的感情越深，就越有可能同意文門。」

劉弗陵此時才真正了然，原來雲歌當時沒有一句廢話，她的每個動作、每句話都在擾亂阿麗雅的心神，等雲歌提出文鬥時，阿麗雅才會很容易接受。

劉弗陵捏了捏雲歌的鼻子，動作中有寵溺，有驕傲，「看來我該謝謝阿麗雅的意中人，他無意中幫了漢人一個大忙。」

雲歌的笑有點僵，呵呵乾笑了兩聲，「這事，你知我知就可以了，千萬不要告訴別人。若讓我三哥知道我鼓吹女子去追他，定會把我……」雲歌做了個怕怕的表情。

劉弗陵幾分詫異、幾分好笑，「阿麗雅的意中人是妳三哥？原來妳早知道她。」

「不是，不是，我是近處看到阿麗雅才知道，你看到她手腕上戴的鐲子了嗎？掛著個小小的銀狼面具，和我三哥戴的面具一模一樣。你說一個女孩子貼身帶著我三哥的面具，能有什麼意思？」雲歌樂不可支，笑出了聲，「三哥要鬱悶了……哎呀！」

牽動了傷口，雲歌疼得眼睛、鼻子皺成一團。

人，果然不能太得意忘形！

劉弗陵忙道：「不許再笑了。」

雲歌齜牙咧嘴地說：「我心裡開心，忍不住嘛！你快給我講點不高興的事情聽，我們什麼時候離開長安？越快越好！我真想傷一好，就和你離開長安。」

劉弗陵肅容，想嚴肅一點，可是眼睛裡面仍是星星點點快樂的星芒，「沒有那麼快，不過我想一年之內肯定可以離開。」

「我看大哥很好，嗯……大公子除了有點花心，好像也不錯，傳給他們中的誰都應該不錯的。為什麼還需要那麼長時間去選擇？怕朝廷裡面的官員反對嗎？還是怕藩王不服？」

「雲歌，我也很想快一點離開長安，可是……」劉弗陵神情嚴肅了起來，「妳記得大殿上，陪著劉病已唱歌的那些人嗎？我不在乎朝廷百官如何反應，更不會在乎藩王的意思，但是我在乎他們。」

雲歌點了點頭，「嗯。」

「讓克爾嗒嗒畏懼的不是劉病已，更不是大殿上的文官武將，而是劉病已身後會慷然高歌的大漢百姓。他們辛勤勞作，交賦稅養活百官和軍隊，他們參軍打仗，用自己的生命擊退夷族，可他們希冀的不過是溫飽和平安。我在位一日，就要保護他們一日。現在我自私地想逃離自己的責任，那我一定要保證把這個位置太太平平地傳給一個能保護他們的人。如果因為我的大意，引發皇位之爭的兵戈，禍及民間百姓，我永不能原諒自己。」

雲歌握住了劉弗陵的手，「我明白了，我會耐心等待。你放心，我覺得不管是大哥，還是大公子，都肯定會保護好他們。」

劉弗陵笑道：「劉賀，我比較瞭解，他的志向才學都沒有問題，可他一貫裝糊塗，裝得我實在看不出來他行事的手段和風格，需要再仔細觀察。劉病已心性更複雜，也需要仔細觀察一段時間。」

雖然新年宴席出了意外，可在劉弗陵和霍光的心照不宣下，知道的人很有限，只一批禁軍悄無聲息地消失了。

雲歌的意外似乎像其他無數宮廷陰謀一樣，黑暗中發生，黑暗中消失，連清晨的第一線陽光都未見到，已經在眾人的睡夢背後泯滅。

可實際上，卻是各方都因為這個意外，開始重新布局落子。各方都有了新的計畫，未再輕動，這反倒讓眾人過了一個極其安穩的新年。

雲歌午睡醒來，看到劉弗陵在榻側看東西，眉宇輕皺。

聽到響動，劉弗陵的眉頭展開，把手中的東西放到一邊，扶雲歌起來。

雲歌隨手拿起劉弗陵剛才看的東西，是官員代擬的宣昌邑王劉賀進長安覲見的聖旨，都是些冠冕堂皇的官面話。

雲歌笑問：「你打算把劉賀召到京城來仔細觀察？」

「不僅僅是觀察，有些東西，從現在開始就需要慢慢教他們做了。我三四歲的時候，父皇已經教我如何看奏章，如何領會字句背後的意思了。」

抹茶在簾外輕稟一聲，端了藥進來，動作極其小心翼翼，雲歌知她還在內疚自責，一時間難好，只能無奈一笑。

劉弗陵拿過聖旨放到一邊，從抹茶手中接過湯藥，親自服侍雲歌喝藥。

劉弗陵餵雲歌吃完藥，拿了水，與她漱口，「不過還不知道他肯不肯來。皇帝和藩王之間的關係十分微妙。一方面，藩王宗親和皇上的利益一致，天下是皇上的天下，更是劉氏的天下，如果皇帝的位置被人搶了，是整個劉姓失去天下。藩王宗親的存在是對朝中文臣武將的震懾，讓眾人明白，皇室人才濟濟，即使皇上沒了，也輪不到他們；另一方面，皇帝要時時刻刻提防藩王的其他心思，防止他們和大臣勾結。當然，藩王也在時時刻刻提防皇帝，有異心的要提防，沒有異心也要提防，因為有沒有異心不是自己說了算，而是皇帝是否相信你。史上不乏，忠心藩王被疑心皇帝殺害或者逼反的例子。」

一道詔書都這麼多事？雲歌鬱悶：「你覺得劉賀不會相信你？他會找托詞，拒接聖旨，不進長安？甚至被你這詔書嚇得起異心？」

劉弗陵頷首，「沒有人會相信皇帝，何況他所處的位置。這天下，也只得妳信我。」

「那我們怎麼辦？」

劉弗陵笑道：「這些事情，不用妳操心。我總會想出辦法解決的。妳要操心的是如何養好身體。」

劉弗陵不想再談正事，和雲歌說起上元佳節快到，宮裡和民間都會有慶典，問她喜歡什麼樣子的燈。

雲歌突然說：「我想上元佳節出宮一趟，一則看燈，二則……二則，如果你不介意，我想去見孟珏一面，謝謝他的救命之恩。」

「我從沒有介意妳見他，有的只是緊張。」劉弗陵的手從雲歌鬢邊撫過，溫和地說：「有人與我一樣慧眼識寶珠，更多的大概是惺惺惜惺惺，何況他還是個值得敬重的人。」

雲歌被劉弗陵說得不好意思，紅著臉撇過了頭，心中是歡喜、酸澀交雜。陵哥哥把她視作寶貝，珍而重之還覺不夠，以為別人都和他一樣。孟珏可未把她當過什麼寶珠，頂多是能得他青睞的幾個珠子中的一個而已。

劉弗陵說：「雲歌，孟珏是個精明人，和他說話的時候，稍微留點心。皇位禪讓，事關重大，一日未做最後決定，一點口風都不能露，否則禍起蕭牆，後患無窮。」

雲歌點頭，「我明白。」

現在的局面是個微妙的均衡，也許一滴水的力量就可以打破，何況皇位這掌控天下蒼生的力量？不說朝廷臣子，就只劉賀和劉病已，他們現在都不存他想，才能一個做糊塗藩王，一個想盡心輔佐皇上，以圖有朝一日恢復宗室之名。若一旦得知有機會名正言順地取得帝位，他們還能安安靜靜嗎？也許彼此間的爭鬥會比皇子奪位更激烈。

長安城中，最後的這段路，也許會成為他人生中最難走的路。

劉弗陵凝視著雲歌，「雲歌，不如妳先回家，等事定後，我去找妳。」

雲歌皺眉瞪眼，「你想都不要想！我就要待在這裡！」

劉弗陵耐心解釋：「我不是不想妳陪著我，只是以後恐怕風波迭起……」

雲歌嘴巴癟了起來，「陵哥哥，我們第一次分別，用了多少年才重逢？我不想再數著日子等待，不管風波水波，反正我不想分開。你要敢趕我走，我就再不理你！」

劉弗陵沉默。

雲歌拉住他的手搖來搖去，癟著嘴，一臉可憐，漆黑的眼睛裡卻全是固執。

劉弗陵嘆息，「妳怎麼還是這樣？妳還有傷，快別搖了，我答應妳就是。」

雲歌變臉比翻書還快，瞬間已經喜笑顏開，「幸虧你對我比小時候好一點了，不然我好可憐。」

「才好一點？」劉弗陵面無表情地淡聲問。

雲歌嘻嘻笑著湊到他眼前，「這是鼓勵你要繼續努力，說明劉弗陵在對美麗、可愛又聰明的雲歌好的路上，還有很多、很多進步的餘地，你要每天都對我比前一天好一點，每天都要想想昨天有沒有做得不好的地方，有沒有惹可愛的雲歌不開心呀？每天……」

劉弗陵一言不發地拿起聖旨，轉身自顧自去了，留雲歌大叫，「喂，我話還沒有說完！」

# 第三十章 上元燈會

心酸，讓她寸步不能動。

原來自己竟還是不能忘記他，原來自己的尋尋覓覓竟還是他。

原來自己看似隨手拿的綠羅裙，只是因為知他偏愛綠色。

荊釵布裙，原來只是悵惘心底已逝的一個夢。

---

雲歌受的傷比許平君輕很多，加上心情愉悅，在張太醫的全力照顧下，傷勢好得很快。到上元佳節時，已經可以下地走動。

上元日，白天，劉弗陵要祭祀太一神。

因為主管上、中、下三元分別是天、地、人三官，民間常用燃花燈來恭賀天官喜樂，所以太陽落時，劉弗陵還要在城樓上點燃上元節的第一盞燈。等到皇帝點燃第一盞燈後，民間千家萬戶的百姓會紛紛點燃早已準備好的燈，向天官祈求全年喜樂。

雲歌在七喜、抹茶的保護下，趁著眾人齊聚城樓前，悄悄出了宮。

一路行來，千萬盞燈次第燃起，若火樹銀花綻放，映得天地如七彩琉璃所做。

雲歌在宮中拘得久了，看到這般美景，實在心癢難搔，便給自己尋了藉口，反正辦事也不急在這一時半刻，玩過了再辦，一樣的，遂敲敲馬車壁，命富裕停車，笑說：「不怪四夷貪慕中原，這般的天朝氣象，誰會不羨慕呢？」

抹茶看雲歌要下馬車，遲疑地說：「小姐，外面人雜，我們還是車上看看就好了。」

雲歌沒理會抹茶，在富裕的攙扶下，下了馬車。抹茶求救地看向七喜。因為于安事先吩咐過一切聽命於雲歌，所以七喜微微搖了搖頭，示意一切順著雲歌的心意。

為了這次出宮，他們想了無數法子，既不能帶太多人，引人注意，又要確保雲歌的安全，本以為有什麼重大事情，可看雲歌一副玩興甚濃的樣子，又實在不像有什麼正經事情。

七喜、富裕在前幫雲歌擋著人潮，抹茶、六順在後保護雲歌，五人沿著長街，邊看燈邊走。

長安城內多才子佳人，這些人所做的燈別有雅趣，已經不再是簡單的祭拜天官。燈上或有畫，或有字。更有三幾好友，將彼此所做的燈掛出，請人點評高低，贏者大笑，輸者請酒，輸贏間磊落風流，常被人傳成風趣佳話。還有才女將詩、謎製在燈上，若有人對出下句、或猜出謎語，會博得才女親手縫製的女紅。獎品並不珍貴，卻十分特別，惹得一眾少年公子爭先恐後。

雲歌邊看邊笑，「這和草原上賽馬追姑娘時唱情歌差不多，只不過中原人更含蓄一些。」

孟玨和劉病已站在城樓下，擠在百姓中看劉弗陵燃燈。

本以為今晚的熱鬧，以雲歌的性格怎麼樣都會來看一下，可城樓上立著的宮女中沒有一個是她。不知她的病如何了，按理說應該已經能下地走動。

滿城喧譁，孟玨卻有些意興闌珊，想要回府。

劉病已猜到孟玨的心思，自己心中也有些不明的寥落，所以兩人雖並肩而行，但誰都懶得說話。

喧鬧聲中，劉病已忽問：「孟玨，平君告訴你雲歌說她只答應皇……公子在那裡待一年了嗎？」

孟玨微頷了首。

劉病已笑拱了拱手：「恭喜你！」

孟玨卻是沒什麼特別的喜色，唇畔的微笑依舊淡淡。

一會兒後，劉病已看到人群中孑然一身的霍成君時，幾分奇怪，幾分好笑。人山人海中，一個不留神，同行的親朋都會走散，他們卻是冤家路窄，迎面相遇。

霍成君一襲綠布裙，一頭烏髮挽了一個簡單卻不失嫵媚的疊翠髻，髻上別著一根荊釵，十分簡單樸素，就如今夜大街上的無數少女。只不過她們是與女伴手挽手，邊說邊笑地看熱鬧、賞花燈，而霍成君卻是獨自一人，在人群中默默而行。

今夜，也許是她在民間過的最後一個上元節了，此後，她的一生要在未央宮的重重宮殿中度過。

她特意支開丫鬟，自己一人偷偷跑了出來，她也不知道自己究竟想要看見什麼，又想要什麼。她只是在人群中走著，甚至腦裡根本什麼都沒有想，只是走著。

可是當她隔著長街燈火、重重人影，看到那個翩然身影時，她突然明白自己想看見的是什麼了。

心酸，讓她寸步不能動。

原來自己竟還是不能忘記他，原來自己的尋尋覓覓竟還是他。

原來自己看似隨手拿的綠羅裙，只是因為知他偏愛綠色。

荊釵布裙，原來只是悵惘心底已逝的一個夢。

劉病已看霍成君呆立在人群中，怔怔看著孟珏。她身邊的人來來往往，時有撞到她的，她卻好似毫未察覺。孟珏的目光散漫地瀏覽著身側的各式絹燈，遲遲未看到霍成君。

劉病已輕輕咳嗽了幾聲，胳膊捅了捅孟珏，示意孟珏看霍成君。他看到霍成君，腳步停了下來。

劉病已低聲說：「她看了你半天，大過節的，過去說句話吧！至少問個好。」

孟珏幾不可聞地一聲嘆息，向霍成君走去，「妳來看燈？」

霍成君點了點頭，「你也來看燈？」

劉病已無語望天，一個問的是廢話，一個答的更是廢話，兩個聰明人都成了傻子，幸虧他這輩子是沒有「福分」享受此等曖昧，不必做傻子。

寒暄話說完，氣氛有些尷尬，孟珏不說話，霍成君也不說話，劉病已沉默地看看孟珏，再瞅瞅霍成君。

他們三人，孟珏丰神飄灑，劉病已器宇軒昂，霍成君雖荊釵布裙，卻難掩國色天香，三人當街而立，惹得路人紛紛回頭。

孟珏向霍成君拱手為禮，想要告辭。霍成君知道這也許是最後一次和孟珏單獨相處，心內哀傷，想要說話，卻只嘴唇微動了動，又低下了頭。

劉病已趕在孟玨開口前，說道：「既然偶遇，不如一起逛街看燈吧！」

霍成君默默點了點頭，孟玨盯了眼劉病已，未出聲。劉病已呵呵笑著，「霍小姐，請。」

三個關係複雜的人一起賞起了燈。

雖然多了一個人，但彼此間的話卻更少了。

劉病已有意無意間放慢了腳步，讓霍成君和孟玨並肩同行，自己賞燈兼賞人。

霍成君本走在外側，在人海中，有時會被人撞到。孟玨不留痕跡地換到了外側，替她擋去人潮。

各種燈，樣式各異。大的如人高低，小的不過拳頭大小，有的用上好冰綃製成，有的則用羊皮製成。

霍成君心神恍惚，並未真正留意身側頭頂的燈。有的燈垂得很低，她會未彎腰地走過，有的燈探到路中，她會忘記閃避，孟玨總是在她即將撞到燈的剎那，幫她把燈擋開，或輕輕拽她一把。

他的心比寒鐵還堅硬冷酷，他的舉動卻總是這般溫和體貼。霍成君忽然想大叫，又想大哭，問他為什麼？為什麼？

她有太多「為什麼」要問他，可是問了又如何？今夜別後，她會成為另一個人，如果他是霍氏的敵人，那麼就會是她的敵人。

問了又能如何？

今夜是最後一次了！

遺忘過去，不去想將來，再在今夜活一次，就如他和她初相逢，一切恩怨都沒有，有的只是對美好的憧憬。

霍成君笑指著頭頂的一個團狀燈，「孟玨，這個燈叫什麼？」

孟玨看了眼，「玉柵小球燈。」

「那個像牌樓一樣的呢？」

「天王燈。」

「那個像繡球的呢？繡球燈？」

「它雖然形似繡球，但妳看它每一塊的花紋如龜紋，民間叫它龜紋燈，象徵長壽。先帝六十歲那年的上元節，有人進獻給先帝一個巨大的龜紋燈，燈內可以放置一百零八盞油燈，點燃後，十里之外都可見。」

「竟有如此大的燈？不知道今天晚上最大的燈有多大？」

霍成君的舉止一如天真少女，走在心上人的身側，徜徉在花燈的夢般美麗中，嬌笑戲語下是一顆忐忑女兒心。

所有經過的路人都對他們投以豔羨的眼光，好一對神仙眷侶。

在所有人羨慕的視線中，霍成君覺得似乎一切都是真的，這個人真實地走在她身畔，他溫潤的聲音真實地響在她耳畔，他偶爾也會因她點評燈的戲語會意而笑。

老天對她並不仁慈，可是卻慷慨地將今夜賜給了她。

至少，今夜，是屬於她的。

「孟玨，你看……」霍成君側頭對孟玨笑語，卻發現孟玨定定立在原地，凝望著遠方。

霍成君順著孟玨的視線看向了側前方，她的笑容瞬間灰飛煙滅。

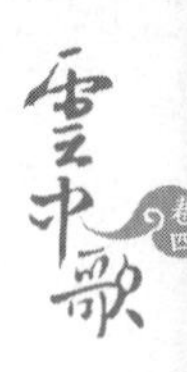

兩座角樓之間，穿著幾根黑色粗繩，繩上垂了一串串燈籠，每串上都有二十多個白絹燈。因繩子與黑夜同色，若不注意看，很難發現。

遙遙看去，黑色夜幕中，無數寶燈在虛空中熠熠生輝，如水晶瀑布，九天而落。

水晶瀑布前，一個女子內著淡綠裙裳，外披白狐斗篷，手裡正舉著一個八角宮燈，半仰著頭，仔細欣賞著。

不但人相撞，竟連衣裳顏色都相撞！

剎那間，霍成君忽然心思通明，盯著雲歌身上的綠色，悲極反笑。

今夜，原來一如以前的無數個日子，都只是老天和她開的玩笑。老天給了她多美的開始，就會給她多殘酷的結束。

今夜，並不是她的。

雲歌實在喜歡手中的宮燈，可無論七喜給多少錢，做宮燈的年輕書生都不肯賣，只說他們若猜中了謎，宮燈白送，若猜不中，千金不賣。

抹茶和富裕，一個扮黑臉，一個扮白臉地說了半晌，書生只是微笑搖頭。

雲歌不善猜謎，試了兩次，都未一口氣連續猜中三個，又不喜歡這種太費腦子的事情，只得無奈放棄。

她將宮燈遞還給書生，回身想走，卻在回頭的剎那，腳步定在了地上。

驀然回首：

故人、往事、前塵，竟都在燈火闌珊處。

花燈下，人潮中。

孟珏和霍成君並肩而立，恍若神仙眷侶。

雲歌凝視著他們，若有若無的笑意淡淡在唇邊浮開。平心而論，孟珏和霍成君真是一對璧人。

孟珏從人流中橫穿而來，腳步匆匆。

霍成君都不知道自己為什麼會隨在孟珏身後而去。

劉病已一邊擠著人潮而過，一邊喃喃說：「天官果然是過節去了！」

孟珏本以為雲歌一見他，又會轉身就走，卻不料雲歌微笑靜站，似等著他到。

等急匆匆走到雲歌面前，他卻有些語滯，竟不知道該說什麼。

雲歌含笑問：「你們來看燈？」

劉病已低著頭，噗哧一聲笑。雲歌不解地看了他一眼。

孟珏對雲歌說：「我和病已出來看燈，路上偶然遇見霍小姐。」

霍成君眼中一黯，撇過了頭。雲歌卻好像什麼都沒有聽到，只問劉病已：「大哥，姐姐的傷恢復得如何？」

礙於霍成君，劉病已不想多提此事，含糊地點了點頭，「很好。」

孟珏看了眼雲歌剛拿過的宮燈，「看妳很喜歡，怎麼不要了？」

雲歌指了指燈謎，無能為力地一笑，忽想起，來的這三個人，可都是很喜歡動腦筋、耍心思的。她走到劉病已身旁，笑說：「一人只要連猜中三個燈謎就可以得到那盞宮燈，大哥，你幫我猜了來，可好？」

劉病已瞟了眼孟珏，雖看他並無不悅，但也不想直接答應雲歌，嗯啊了兩聲後說：「大家一起來看看吧！」

霍成君隨手往案上的陶罐裡丟了幾枚錢，讓書生抽一個謎題給她來猜，一手接過竹簽，一邊笑問雲歌：「妳怎麼出宮了？皇……公子沒有陪妳來看燈嗎？皇公子才思過人，妳就是想要十個宮燈，也隨便拿。」

雲歌的身分的確不能輕易出宮，說自己溜出來，肯定是錯，說劉弗陵知道，也不妥當，所以雲歌只是面上嘻嘻笑著，未立即回答霍成君。

自見到霍成君出現，就全心戒備的富裕忙回道：「于總管對今年宮裡採辦的花燈不甚滿意，命奴才們來看看民間的樣式。奴才們都不識字，也不會畫畫，所以于總管特許雲姑娘出宮，有什麼好樣式，先記下來，明年上元節時，可以命人照做。」

霍成君心內本就有怨不能發，富裕竟往她氣頭上撞，她冷笑著問富裕，「我問你話了嗎？搶話、插話也是于總管吩咐的嗎？」

富裕立即躬身謝罪，「奴才知錯。」

霍成君冷哼，「光是知道了嗎？」

富裕舉手要搧自己耳光，雲歌笑擋住了富裕的手，「奴才插到主子之間說話，才叫『搶話、插話』。我也是個奴婢，何來『搶話插話』一說？小姐問話，奴婢未及時回小姐，富裕怕誤了小姐的工夫，才趕緊回了小姐的話，他應沒有錯，錯的是奴婢，請小姐責罰。」

霍成君吃了雲歌一個軟釘子，深吸了口氣，方抑住胸中的怒意，嬌笑道：「雲小姐可真會說笑。聽聞皇公子在妳榻上已歇息過了，我就是吃了熊心豹子膽，也不敢責罰妳呀！」

正提筆寫謎底的孟玨猛地扭頭看向雲歌，墨黑雙眸中，波濤翻湧。

劉病已忙大叫一聲，「這個謎語我猜出來了！『江山萬民為貴，朝廷百官為輕。』可是這兩個字？」

劉病已取過案上的毛筆，在竹片上寫了個「大」和「小」字，遞給製謎的書生。書生笑道：「恭喜公子，猜對了。可以拿一個小南瓜燈。若能連猜對兩個謎語，可以拿荷花燈，若猜對三個，就可以拿今天晚上的頭獎。」書生指了指雲歌剛才看過的宮燈。

劉病已呵呵笑問：「你們不恭喜我嗎？」卻是沒有一個人理會他。

孟玨仍盯著雲歌。

雲歌雖對霍成君的話有氣，可更被孟玨盯得氣，不滿地瞪了回去。先不說霍成君的鬼話值不值得信，就算是真的，又如何？你憑什麼這樣子看著我，好像我做了什麼錯事！你自己又如何？

劉病已看霍成君笑吟吟地還想說話，忙問：「霍小姐，妳的謎題可有頭緒了？」

霍成君這才記起手中還有一個燈謎，笑拿起竹簽，和劉病已同看。

「思君已別二十載」

這個謎語並不難，劉病已立即猜到，笑道：「此乃諧音謎。」

霍成君也已想到，臉色一黯，看向孟玨，孟玨的眼中卻哪裡有她？

「二十」的大寫「廿」正是「念」字發音，思之二十載，寓意不忘。

劉病已提筆將謎底寫出「念念不忘」，遞給書生。

劉病已輕嘆口氣，低聲說：「傷敵一分，自傷三分，何必自苦？」

霍成君既沒有親密的姐妹，也沒有要好的朋友，所有心事都只有自己知道，從沒有人真正關心過她的傷和苦。劉病已的話半帶憐半帶勸，恰擊中霍成君的心，她眼中的不甘漸漸化成了哀傷。

孟玨半抓半握著雲歌的手腕，強帶了雲歌離開。

劉病已看他們二人離去，反倒鬆了口氣，要不然霍成君和雲歌湊在一起，中間夾著一個孟玨，還不知道會出什麼亂了。

花市燈如晝、人如潮，笑語歡聲不絕。

霍成君卻只覺得這些熱鬧顯得自己越發孤單，未和劉病已打招呼，就想離開。

書生叫道：「你們輕易就猜中了兩個謎，不想再猜一個嗎？」

霍成君冷冷瞟了眼雲歌喜歡的宮燈，提步就去。

書生拿著孟玨寫了一半的竹簽，急道：「這個謎語，大前年我就拿出來讓人猜，猜到了今年，都一直沒有人猜中。我看這位公子，才思十分敏捷，難道不想試一試嗎？」

劉病已叫住霍成君，「霍小姐，既然來了，不妨盡興遊玩一次，畢竟一年只這一回。若不嫌棄，可否讓在下幫小姐猜盞燈玩？」

霍成君默默站了一會兒，點點頭：「你說得對，就這一次了。」打起精神，笑問書生，「你這個謎語真猜了三年？」

書生一臉傲氣，自得地說：「當然！」

劉病已笑說：「我們不要你的這盞宮燈，你可還有別的燈？若有這位小姐喜歡的，我就猜猜你的謎，若沒有，我們只能去別家了。」

書生看著頭頂的宮燈，不知道這燈哪裡不好，想了一下，蹲下身子，在一堆箱籠間尋找。

霍成君聽到劉病已的話，不禁側頭深看了眼劉病已。

現在的他早非落魄長安的鬥雞走狗之輩，全身再無半點寒酸氣。髮束藍玉寶冠，身著湖藍錦袍，腳蹬黑緞官靴，腰上卻未如一般官員懸掛玉飾，而是繫了一柄短劍，更顯得人英姿軒昂。

書生抱了個箱子出來，珍而重之地打開，提出一盞八角垂條宮燈。樣式與雲歌先前喜歡的一模一樣，做工卻更加精緻。燈骨用的是罕見的嶺南白竹，燈的八個面是用冰鮫紗所做，上繡了八幅圖，講述嫦娥奔月的故事。畫中女子體態婀娜，姿容秀美。神態或喜、或愁、或怒、或泣，無不逼真動人，就是與宮中御用的繡品相較也毫不遜色，反更多了幾分別致。

霍成君還是妙齡少女，雖然心思比同齡女孩複雜，但愛美乃人之天性，如何會不喜歡這般美麗的宮燈？更何況此燈比雲歌要的燈遠勝一籌。她拎著燈越看越喜歡，賞玩了半晌，才十分不捨地還給書生。

劉病已見狀，笑對書生說：「把你的謎拿過來吧！」

書生遞過竹簽，劉病已看正面寫著「暗香晴雪」，背面寫著「打一字」，凝神想了片刻，似明非明，只是不能肯定。

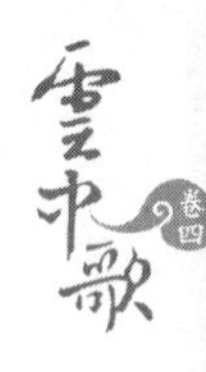

霍成君思索了一會兒，覺得毫無頭緒，不願再想，只靜靜看著劉病已。

書生看劉病已未如先前兩個謎語，張口就猜，不禁又是得意又是失望。

劉病已把竹簽翻轉到正面，看到孟玨在下邊寫了句未完成的話，「暗香籠……」

書生納悶地說：「不知道起先那位公子什麼意思，這個謎底是打一個字而已，他怎麼好像要寫一句話？」

劉病已心中肯定了答案，也明白了孟玨為何要寫一句話，孟大公子定是有點不滿這位書生對雲歌的狂傲刁難，所以決定「回敬」他幾分顏色，奚落一下他自以為傲的才華。

劉病已笑提起筆，剛想接著孟玨的續寫，可忽然心中生出了幾分不舒服和憋悶，思索了一瞬，在孟玨的字旁邊，重新起頭，寫道「暗香深淺籠晴雪」，寫完後，凝視著自己的字跡笑了笑，將竹簽遞回書生，徑直提過燈籠，雙手送到霍成君面前，彎身行禮道：「請小姐笑納。」

一旁圍著看熱鬧的男女都笑拍起手來，他們看霍成君荊釵布裙，劉病已貴公子打扮，還以為又是上元節的一段偶遇和佳話。

霍成君此生收過不少重禮，可這樣的禮物卻是第一次收到，聽到眾人笑嚷「收下，收下」，只覺得大違自小的閨門教導，可心中卻有異樣的新鮮，半惱半羞中，嫋嫋彎身對劉病已襝衽一禮：「多謝公子。」起身後，也是雙手接過宮燈。

劉病已會心一笑，霍成君倒有些不好意思，忙拿著宮燈，在眾人善意的哄笑聲中，匆匆擠出了人群。

劉病已也匆匆擠出了人群，隨霍成君而去。

書生捧著竹簽，看看自己的謎題，喃喃自語：「暗香晴雪。」再瞅瞅孟玨未完成的謎底：「暗香籠……籠……暗香籠晴雪。」最後看著劉病已的，笑著唸道：「暗香深淺籠晴雪。好，好，猜得好！對得好！」孟玨和劉病已以謎面回答謎面，三句話射的都是同一個字，可謎面卻是一句更比一句好。

書生倒是沒有介意劉病已筆下的奚落，笑讚道：「公子真乃……」抬頭間，卻早無劉病已、霍成君的身影，只街上的人潮依舊川流不息。

有人想要投錢猜謎，書生揮手讓他們走。遊客不滿，可書生揮手間，一掃先前的文弱酸腐，竟有生殺予奪的氣態，遊客心生敬畏，只能抱怨著離去。

書生開始收拾燈籠，準備離開。

今夜見到這四人，已經不虛此行。讓父親至死念念不忘、令母親鬱鬱而歿的天朝果然地靈人傑！

雲歌被孟玨拖著向燈市外行去。

抹茶、富裕欲攔，七喜卻想到于安另一個古怪的吩咐：若雲歌和孟玨在一起，不許他們靠近和打擾。于總管竟然料事如神，猜到雲歌和孟玨會遇見？

七喜吩咐大家遠遠跟著雲歌，保持著一段聽不清楚他們談話，卻能看見雲歌的距離。

孟玨帶著雲歌走了一段路，初聞霍成君話語時的驚怒漸漸平復，心內添了一重好笑，更添了一重無奈。

「為什麼傷還沒有好，就一個人跑出來亂轉？」

「我的事，要你管！」

「最近咳嗽嗎？」

「要你管！」

孟玨懶得再吭聲，直接握住雲歌的手腕搭脈，另一隻手還要應付她的掙扎。一會兒後，他沉思著放開了雲歌，「讓張太醫不要再給妳扎針了，我最近正在幫妳配香屑，以後若夜裡咳嗽得睡不著時，丟一把香屑到熏爐裡。」

雲歌冷哼一聲，以示不領他的好意。

孟玨替雲歌理了理斗篷，「今日雖暖和，但妳的身子還禁不得在外面久待，我送妳回去。」

雲歌卻站在那裡不動，剛才的滿臉氣惱，變成了為難。

孟玨問：「宮裡發生了什麼事情？」

雲歌想擠個笑，但沒有成功，「宮裡沒什麼事情，我……我想拜託你件事情。」

孟玨言簡意賅，「說。」

「皇上想詔大公子進長安，他怕大公子不來，所以希望你能從中周旋一下。」

這就是妳站在我面前的原因？孟玨微笑起來，眼神卻是格外的清亮，「不可能。皇上想下詔就下詔，昌邑王來與不來是他自己的事情，和我無關。」

「皇上絕無惡意。」

「和我無關。」

雲歌氣結，「怎麼樣，才能和你有關？」

孟玨本想說「怎麼樣，都和我無關」，沉默了一瞬，問：「他為什麼會在妳的榻上歇息？」

「你……」雲歌拍拍胸口，安慰自己不生氣，「孟玨，你果然不是君子。」

「我幾時告訴過妳我是君子？」

有求於人，不能不低頭，雲歌老老實實、卻沒好氣地回答孟玨：「有天晚上我們都睡不著覺，就在我的榻上邊吃東西邊聊天，後來糊裡糊塗就睡過去了。」

「他睡不著，很容易理解。他若哪天能睡好，倒是該奇怪了。可妳卻是一睡著，雷打不動的人，為什麼會睡不著？」

雲歌低著頭，不回答。

孟玨見雲歌不回答，換了個問題：「這是什麼時候的事情？」

雲歌因為那天晚上恰和劉弗陵掐指算過還有多久到新年，所以一口答道：「十二月初三。」

孟玨問時間，是想看看那幾天發生了什麼事情，讓雲歌困擾到失眠，思量了一瞬，覺得宮裡宮外並無什麼大事，正想再問雲歌，突想起那天是劉病已第一次進宮見劉弗陵，許平君曾求他去探看一下劉病已的安危。

孟玨想著在溫室殿外朱廊間閃過的裙裾，眼內尖銳的鋒芒漸漸淡去。

雲歌看孟玨的面色依舊寒意澹澹，譏嘲：「孟玨，你有什麼資格介意霍成君的話？」

「誰告訴妳我介意了？再提醒妳一下，現在是妳請我辦事，注意一下妳說話的語氣。」

雲歌拂袖離去，走了一段路，忽地停住，深吸了口氣，輕拍拍自己的臉頰，讓自己微笑，轉身向孟珏行去，「孟公子，您要什麼條件？」

孟珏思量地凝視著雲歌：「這件事情對他很重要。」

雲歌微笑著說：「你既然已經衡量出輕重，可以提條件了。」

「先回答我一個問題，那麼多劉姓王孫，為何只詔昌邑王到長安？我憑什麼相信他？」

雲歌的假笑斂去，鄭重地說：「孟珏，求你信我，我用性命和你保證，劉賀絕不會在長安有危險，也許只會有好處。」覺得話說得太滿，又補道：「絕不會有來自皇上的危險，至於別人的，我想他這點自保的能力總該有。」

孟珏沉思。

雲歌眼睛一瞬不瞬地盯著他。

半晌後，孟珏道：「好，我信妳。」

孟珏說的是「信」她，而非「答應」她，雲歌笑問：「你要我做什麼？你是個精明的生意人，不要開買家付不起的價錢。」

孟珏沉默了會兒，說：「一年之內，妳不許和他親近，不能抱他，不能親他，不能和他同榻而眠，什麼都不許做。」

「孟珏，你……」雲歌臉漲得通紅。

孟珏卻露了笑意，「他畢竟深受漢人禮儀教化，他若真看重妳，一日未正式迎娶，一日就不會碰妳。不過，我對妳沒什麼信心。」

「孟玨，你到底把我當你的什麼人？」

孟玨眼中一黯，臉上的笑意卻未變，「我說過，我不輕易許諾，但許過的絕不會收回。對妳的許諾，我一定會實現。」

雲歌滿臉匪夷所思地盯著孟玨，這世上還有人比他更難理解嗎？

孟玨淡淡笑著說：「妳現在只需回答我，『答應』或者『不答應』。」

雲歌怔怔發呆。孟玨用一年為限，想來是因為許姐姐告訴他陵哥哥和我的一年約定，只是他怎麼也不會料到陵哥哥想做的。將來，不管是劉病已，還是劉賀登基，憑孟玨和他們的交情，都會位極人臣，整個大漢的秀麗江山都在他眼前，他哪裡還有時間理會我？何況只一年而已。

孟玨看著一臉呆相的雲歌，笑吟吟地又說：「還有，不許妳告訴任何人妳我之間的約定，尤其是皇上。」

雲歌眼睛骨碌轉了一圈，也笑吟吟地說：「好，我答應你。若有違背，讓我……讓我此生永難幸福。」

孟玨微一頷首，「我送妳回去。」

馬車內，雲歌不說話，孟玨也不作聲，只車轆轆的聲音「吱扭」、「吱扭」地響著。

快到宮門時，孟玨道：「就到這裡吧！那邊應該有于總管的人等著接妳了。」說完，就下了馬車。

雲歌掀起車簾，「這兒離你住的地方好遠，我讓富裕用馬車送你回去吧！我走過去就可以了。」

孟玨溫和地說：「不用了，我想一個人走走。雲歌，照顧好自己，不要顧慮別人，特別是宮裡的人，任何人都不要相信。」

雲歌微笑：「孟玨，你怎麼還不明白呢？我和你不是一樣的人。」

孟玨臉上若有若無的笑意更像是自嘲，「我的問題不在於我不瞭解妳，而是我比自己想像的更瞭解妳。」

雲歌愕然。

孟玨轉身，安步當車地步入了夜色。

# 第三十一章 前塵舊緣

他驚訝問道：「你父親是誰？」

小兒反問：「你父親是誰？」

他笑而不答，小兒也只是笑吃杏子。

兩人一般的心思，只是各自不知道。

劉弗陵詔昌邑王劉賀進京的消息，讓所有朝臣驚訝不解，甚至覺得好笑。皇上覺得長安太無聊了嗎？詔一個活寶來娛樂自己，兼娛樂大家？

一些謹慎的大臣本還對劉賀有幾分期許，覺得此人也許小事糊塗，大事卻還清楚，皇上的這道詔書當然不能接，裝個病、受個傷地拖一拖，也就過去了，不料聽聞劉賀不但接了詔書，而且迫不及待地準備上京，明裡嚷嚷著「早想著來長安拜見皇上」，暗裡抓著來傳詔的使臣，不停地打聽長安城裡哪家姑娘長得好、哪個公子最精於吃喝玩樂、哪個歌舞坊的女子才藝出眾。那些大臣也就搖頭嘆息著死心了。

陪宦官一塊去宣詔的官員，回長安後，立即一五一十地把所見所聞全部告訴了霍光。這位官員當然不是什麼正人君子，可說起在昌邑國的荒唐見聞，也是邊說邊搖頭。

霍禹、霍山、霍雲聽得大笑，霍光卻神色凝重。

昌邑王劉賀的車儀進京的當日，長安城內熱鬧如過節，萬人空巷地去看昌邑王。

傾國傾城的李夫人早已是民間女子口耳相傳的傳奇。昌邑王是她的孫子，傳聞容顏絕世、溫柔風流，而且這是劉弗陵登基後，第一次詔藩王進京，所以所有人都想去看看他的風采。

當然，劉賀不愧為劉賀，他用所有人都沒想到的方式，讓長安人牢牢地記住了他。以至於二三十年後，當皇上、皇后、霍光這些人都湮沒於時間長河，無人提起時，還有髮絲斑白的女子向孫女回憶劉賀。

卯時，太陽還未升起，就有百姓來城門外占地方。

辰時，身著鎧甲、手持刀戈的禁軍來肅清閒雜人等。

巳時，一部分官員陸續而來；午時初，三品以上官員到達城門；午時正，大司馬、丞相、將軍等皆到；午時末，劉弗陵在宦官、宮女的陪同下到了城門。

在巳時初，哨兵就回報，昌邑王已在長安城外四十里。滿打滿算也該未時初到，可劉弗陵站在城樓上，從午時末等到未時正，昌邑王一直沒有出現。

後來，劉弗陵在百官勸說下，進了城樓邊休息邊等。劉弗陵還算體諒，把霍光、田千秋、張安世等年紀較大的官員也傳進了城樓，賜了座位，一邊喝茶一邊等。其他官員卻只能大太陽底下身著朝服、站得筆挺，繼續等待。

未時末，昌邑王依舊沒有出現。

一旁的百姓還可以席地而坐，找小販買碗茶，啃著粟米餅，一邊聊天一邊等。可大小官員卻只能忍受著口中的乾渴、胃裡的饑餓、雙腿的痠麻，乾等！唯一能做的就是心裡把昌邑王詛咒了個十萬八千遍。

申時，太陽已經西斜，昌邑王還是沒有到。

百姓由剛開始的喧鬧，變得漸漸安靜，最後鴉雀無聲。大家都已經沒有力氣再喧譁激動了。現在只是覺得等了一天，如果不見到這個昌邑王，不就是浪費了一天嗎？滿懷的是不甘心！當然，還有對昌邑王的「敬佩」——這個人膽敢讓皇上等！

站了近萬人的城門，到最後居然一點聲音都沒有，場面不可不說詭異。

當夕陽的金輝斜斜映著眾人，當所有人都需微眯著眼睛才能看向西邊時，一陣悠揚的絲竹音傳來。樂聲中，一行人在薄薄的金輝中迤邐行來，伴隨而來的還有淡淡香氣，若百花綻放，春回大地。

八個姿容秀美的女子，手提花籃，一邊灑著乾花瓣，一邊徐徐行來。其後是八個虬髯大漢，扛著一張碩大的坐榻，雖然是大漢，可因為隨著前面的女子而行，所以走的步子很秀氣。榻上幾個雲髻峨峨、金釵顫顫的女子正各拿樂器，為後面的男子演奏。

後面也是一張方榻，扛榻的卻是八個身材頎長、容貌明豔的胡姬，上面半坐半臥著一個男子，

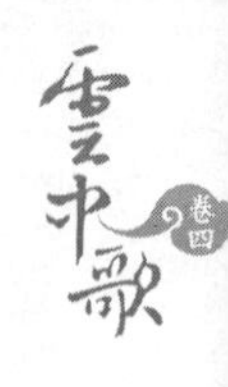

一個侍女臥在他膝上。男子低著頭，一手把玩著侍女的秀髮，一手握著一杯西域葡萄酒。

男子頭戴纏金紫玉王冠，身著紫煙羅蟒袍，腰繫白玉帶。目若點漆，唇似海棠，容貌竟比女子都美三分，只一雙入鬢劍眉添了英氣，讓人不會誤認做女子。

只看他唇畔含笑，眉梢蘊情，目光從道路兩側掃過，所有女子都心如鹿撞，覺得他的眼睛看的就是自己，那如火的眼光述說著不為人知的情意。所有男子卻想去撞牆，覺得人家過的才是男人過的日子。無數頑皮的男孩在看到劉賀的一刻，立志要好好讀書、刻苦習武，將來封侯拜相，才能有權有勢有錢有美人，做個像劉賀一樣的男人。

走出城樓，看到眼前一幕的劉弗陵終於明白為什麼四十里地，劉賀走了將近一天。

百官齊齊唱喏，恭迎昌邑王到。

劉賀看到當先而站的劉弗陵，立即命胡姬停步，跳下坐榻，趕了幾步上前向劉弗陵磕頭請罪：「臣不知皇上親來迎臣，臣叩謝皇上隆恩。道路顛簸，實不好走，耽誤了行程，求皇上恕罪。」

劉弗陵讓他起身，「都是一家人，不必如此多禮。」

霍光、田千秋等重臣又來給劉賀見禮、問安，一番擾攘後，劉弗陵和劉賀兩人並肩而行，邊走邊談。

站了幾乎一天的百官終於可以散去。

劉病已早上出門時，沒有吃飯，此時餓得前胸貼後背，扶著孟玨的胳膊，有氣無力地對他說：「你下次想整治大公子時，記得叫上我，我一定出謀劃策，出錢出力，竭盡所能。」

孟玨想是早瞭解大公子，對今日的事情處之泰然，看到劉病已的樣子，忽地笑道：「我和大公子平輩論交，你好像該稱呼大公子一聲『叔叔』，那我是不是也算是你……」

劉病已打斷了孟珏的話：「開玩笑！照你這麼說，大公子叫皇上『叔叔』，雲歌叫皇上『陵哥哥』，你該叫雲歌什麼？我們還是各自交各自的，少算輩分！皇家的輩分算不清。再說了，我如今還沒那個資格叫大公子『叔叔』。」

孟珏淡笑一下，未出聲。

劉病已問：「孟珏，你猜到皇上為什麼詔昌邑王到長安了嗎？」

「沒有。」

「你怎麼沒有反對昌邑王來長安？你們就不怕萬一？」

孟珏淡淡說：「昌邑王進京的決定和我沒有多少關係，他心中有他自己的計較，我只是沒有阻撓而已。」

劉弗陵設宴替劉賀接風洗塵，宴席設在建章宮前殿，比未央宮前殿的威嚴堂皇多了幾分隨意雅致。因算皇室家宴，人數有限。皇上、昌邑王、霍光、田千秋、張安世，還有劉病已和孟珏陪席。

朝內官員看到竟然還有劉病已和孟珏，再想到除夕宴上二人勇鬥中羌王子克爾嗒嗒後皇上說的話，明白皇上想重用劉病已、孟珏二人。有人心領神會了皇上的意思後，準備開始擬奏章，奏請皇上為這二人升官。

因為是家宴，眾人都著便服赴宴。霍光未帶妻子，只帶霍禹、霍成君同行，田千秋、張安世、劉病已雖是有家室的人，但不約而同地選擇了獨身赴宴。無獨有偶，劉弗陵也是獨自出席，皇后並未出現。

霍成君是個女兒家，不能隨意說話。霍禹有父親在，不敢隨意開口。霍光、田千秋、張安世、孟珏、劉病已都是謹言慎行的人，非必要，不會輕易說話。劉弗陵又本就寡言少語，不是什麼風趣善言的皇帝。

一殿人，獨剩了個劉賀談笑風生，卻是越說越悶，忍無可忍地對劉弗陵抱怨：「皇上，這就是長安城的宴會嗎？一無美人，二無美酒，三無歌舞，虧得臣還朝思暮想著長安的風流旖旎，太沒意思了！」

劉弗陵垂目看向自己桌上的酒杯，于安忙彎著身子道：「王爺，今晚的酒既有大內貢酒，還有長安城內最負盛名的『竹葉青』，雖然不敢說玉液瓊漿，但『美酒』二字應該還擔得。」

劉賀冷哼：「一聽這話，就是個不會喝酒的人。酒是用來喝的，不是用來聽名氣的。有美人在懷，有趣士對飲，有雅音入耳，這酒喝得方有味道，現在有什麼？這酒和白水有什麼區別？」劉賀說著，將杯中的酒潑到了地上。

于安犯愁，他當然知道宮中宴席該是什麼樣子，當年先帝的奢靡盛宴他又不是沒見識過。可皇上從來不近女色，也不喜好此類宴席，十幾年下來，宮裡也就不再專門訓練歌女、舞女陪官員戲樂飲酒。如有重大宴席，歌舞都交給了禮部負責。平常的小宴，官員都知道皇上喜好，不會有人敢忤逆皇上。今夜，卻碰到了這麼個麻煩，突然之間，讓他到哪裡去抓人？只能賠著笑臉說：「王爺，是奴才沒有考慮周詳。」

劉賀不再說話，卻依舊滿臉不悅。

劉弗陵道：「朕看你此行帶了不少姬妾，朕破例准她們過來陪你飲酒。」

劉賀擺擺手，貌似恭敬地說：「多謝皇上美意，臣怕她們被臣慣壞了，不懂宮裡規矩，所以只帶了兩個侍女進宮，其餘人都在宮外，一來一回，宴席都該結束了。臣就湊合湊合吧！」話語間說的是「湊合」，表情卻一點「不湊合」，端著酒杯，長吁短嘆，一臉寂寥。

劉弗陵的脾氣也堪稱已入化境，對著劉賀這樣的人，竟然眉頭都未蹙一下，一直表情淡淡，有話要問劉賀，就問，無話也絕不多說。

劉病已澈底看傻了，連心中不怎麼把劉弗陵當回事情的霍禹也看得目瞪口呆。不管怎麼說，劉弗陵是一國之君，就是權傾天下的霍光也不敢當著眾人的面拂逆劉弗陵的話語。這位昌邑王真不愧是出了名的荒唐王爺。

田千秋和張安世垂目吃菜，不理會外界發生了什麼。孟珏笑意吟吟，專心品酒。霍光似有所思，神在宴外。

偌大的宮殿只聞劉賀一聲聲的嘆氣。

霍成君忽地起身，對劉弗陵叩頭：「陛下萬歲，臣女霍成君，略懂歌舞，若王爺不嫌棄，臣女願意獻舞一支，以助王爺酒興。」

劉弗陵還未說話，劉賀喜道：「好。」

劉弗陵頷首准了霍成君之請。

劉賀笑說：「有舞無樂如菜裡不放鹽，不知道妳打算跳什麼舞？」劉賀說話時，視線斜斜瞄了下孟玨，一臉笑意。

霍成君笑對劉弗陵說：「臣女聽聞皇上精於琴簫，斗膽求皇上為臣女伴奏一首簫曲。」所有人都看向霍成君，孟玨眼中神色更是複雜。

劉賀愣了一愣，立即撫掌而笑，「好提議。皇上，臣也斗膽同請。只聞皇上才名，卻從未真正見識過，還求皇上准了臣的請求。」

劉弗陵波瀾不驚，淡淡一笑，對于安吩咐：「去把朕的簫取來。」又問霍成君：「妳想要什麼曲子？」

「折腰舞曲。」

劉弗陵頷首同意。

霍成君叩頭謝恩後，盈盈立起。

霍成君今日穿了一襲素白衣裙，裙裾和袖子都十分特別，顯得比一般衣裙寬大蓬鬆，腰間繫著的穿花蝴蝶五彩絲羅帶是全身上下唯一的亮色，纖腰本就堪握，在寬大的衣裙和袍袖襯托下，更是顯得嬌弱可憐，讓人想起脆弱而美麗的蝴蝶，不禁心生憐惜。

在眾人心動於霍成君美麗的同時，一縷簫音悠悠響起，將眾人帶入了一個夢境。

簫聲低回處如春風戲花，高昂時如怒海摧石；纏綿如千絲網，剛烈如萬馬騰。若明月松間照，不見月身，只見月華；若清泉石上流，不見泉源，只見泉水。

簫音讓眾人只沉浸在音樂中，完全忘記了吹簫的人。

霍成君在劉弗陵的萬馬奔騰間，猛然將廣袖甩出，長長的衣袖若靈蛇般盤旋舞動於空中。眾人這才發現，霍成君袖內的乾坤。她的衣袖藏有折疊，白色折縫中用各色彩線繡著蝴蝶，此時她的水袖在空中飛快地高轉低旋，白色折縫打開，大大小小的「彩蝶」飛舞在空中。隨著折縫開合，「彩蝶」忽隱忽現，變幻莫測。

眾人只覺耳中萬馬奔騰，大海呼嘯，眼前漫天蝴蝶，飛舞、墜落。極致的五彩繽紛，迷亂炫目，還有脆弱的淒烈，絲絲蔓延在每一個「蝴蝶」飛舞墜落間。

在座都是定力非同一般的人，可先被劉弗陵的絕妙簫聲奪神，再被霍成君的驚豔舞姿震魄，此時都被漫天異樣的絢麗繽紛壓得有些喘不過氣來。

簫音慢慢和緩，眾人恍似看到一輪圓月緩緩升起。圓月下輕風吹拂著萬棵青松，柔和的月光從松樹的縫隙點點灑落到松下的石塊上，映照著清澈的泉水在石上叮咚流過。

霍成君的舞蹈在簫音中也慢慢柔和，長袖徐徐在周身舞動，或飛揚，或垂拂，或捲繞，或翹起，凌空飄逸，千變萬化。她的身子，或前俯，或後仰，或左傾，或右折。她的腰，或舒，或展，或彎，或曲，一束盈盈堪握的纖腰，柔若無骨，曼妙生姿。

眾人這才真正明白了為何此舞叫做《折腰舞》。

簫音已到尾聲，如同風吹松林回空谷，濤聲陣陣，霍成君面容含笑，伸展雙臂，好像在松濤中飛翔旋轉，群群彩蝶伴著她飛舞。

此時她裙裾的妙用才漸漸顯露，隨著旋轉的速度越來越快，裙裾慢慢張開，裙裾折縫中的刺繡開始顯露，其上竟繡滿了各種花朵。

剛開始，如春天初臨大地，千萬朵嬌豔的花只羞答答地綻放著它們美麗的容顏。

隨著旋轉的速度越來越快，裙裾滿漲，半開的花逐漸變成怒放。

簫音漸漸低落，霍成君的身子在「蝴蝶」的環繞中，緩緩向百花叢中墜落，簫音嗚咽而逝，長袖垂落，霍成君團身落在了鋪開的裙裾上。

五彩斑斕的「彩蝶」，色彩繽紛的「鮮花」都剎那消失，天地間的一切絢爛迷亂又變成了素白空無，只一個面若桃花、嬌喘微微的纖弱女子靜靜臥於潔白中。

滿場寂靜。

劉賀目馳神迷。

劉病已目不轉睛。

孟玨墨黑的雙眸內看不出任何情緒。

霍光毫不關心別人的反應，他只關心劉弗陵的。

劉弗陵目中含著讚賞，靜看著霍成君。

霍光先喜，暗道畢竟是男人，待看仔細，頓時又心涼。劉弗陵的目光裡面沒有絲毫愛慕、渴求、占有，甚至根本不是男人看女人的目光。他的目光就如看到一次壯美的日出，一個精工雕琢的玉器，只是單純對美麗的欣賞和讚美。

一瞬後。

劉賀鼓掌笑讚：「不虛此夜，長安果然是長安！傳聞高祖寵妃戚夫人喜跳《折腰舞》，『善為翹袖折腰之舞，歌出塞入塞望歸之曲』，本王常心恨不能一睹戚夫人豔姿，今夜得見霍氏之舞，只怕比戚夫人猶勝三分。」

田千秋笑道：「傳聞高祖皇帝常擁戚夫人倚瑟而弦歌，每泣下流漣。今夜簫舞之妙，絲毫不遜色。」

對劉賀和田千秋話語中隱含的意思，劉弗陵好似絲毫未覺，點頭讚道：「的確好舞。賞白玉如意一柄，楠木香鐲兩串。」

霍成君磕頭謝恩，「臣女謝陛下聖恩，臣女不敢居功，其實是陛下的簫吹得好。」

劉弗陵未再多言，只讓她起身。

宴席再無先前的沉悶，劉賀高談闊論，與霍成君暢聊舞蹈，又與劉弗陵談幾句音樂。霍禹也是精善玩樂的人，和昌邑王言語間十分相合，兩人頻頻舉杯同飲。眾人時而笑插幾句，滿堂時聞笑聲。

宴席快結束時，劉賀已經酩酊大醉，漸露醜態，一雙桃花眼盯著霍成君，一眨不眨，裡面的慾火赤裸裸地燃燒著，看得霍成君又羞又惱，卻半點發作不得。霍光無奈，只能提前告退，攜霍禹和霍成君先離去。田千秋和張安世也隨後告退。

看霍光、田千秋、張安世走了，孟玨和劉病已也想告退，劉弗陵道：「朕要回未央宮，你們送朕和昌邑王一程。」

孟玨和劉病已應道：「臣遵旨。」

當年漢武帝為了遊玩方便，命能工巧匠在未央宮和建章宮之間鑄造了飛閣輦道，可以在半空中，直接從建章宮前殿走到未央宮前殿。

于安在前掌燈，劉弗陵當先而行，孟玨和劉病已扶著步履踉蹌的劉賀，七喜尾隨在最後面。

行到飛橋中間，劉弗陵停步，孟珏和劉病已也忙停了腳步。

身在虛空，四周空無一物，眾人卻都覺得十分心安。

劉弗陵瞟了眼醉若爛泥的劉賀，叫劉賀小名：「賀奴，朕給你介紹一個人。劉病已，先帝長子衛太子的長孫──劉詢。」

事情完全出乎意料，劉病已呆呆站立。這個稱呼只是深夜獨自一人時，夢中的記憶，從不能對人言，也沒有人敢對他言。這是第一次在人前聽聞，而且是站在皇宮頂端，俯瞰著長安時，從大漢天子的口中說出，恍惚間，劉病已只覺一切都十分不真實。

孟珏含笑對劉病已說：「恭喜。」

劉病已這才清醒，忙向劉弗陵跪下磕頭，「臣叩謝皇上隆恩。」又向劉賀磕頭，「侄兒劉詢見過王叔。」

劉賀卻趴在飛橋欄杆上滿口胡話：「美人，美人，這般柔軟的腰肢，若在榻上與其顛鸞倒鳳，銷魂滋味……」

劉弗陵、劉病已、孟珏三人都只能全當沒聽見。

劉弗陵讓劉病已起身，「過幾日，應該會有臣子陸續上折讚美你的才華功績，請求朕給你升官，朕會藉機向天下詔告你的身分，恢復你的宗室之名。接踵而來的事情，你要心中有備。」

「臣明白。」劉病已作揖，彎身低頭時眼中隱有濕意，顛沛流離近二十載，終於正名顯身，爺爺、父親九泉之下應可瞑目。

孟珏眼中別有情緒，看劉弗陵正看著他，忙低下了頭。

劉弗陵提步而行。

孟玨和劉病已忙拎起癱軟在地上的劉賀跟上。

下了飛橋，立即有宦官迎上來，接過劉賀，送他去昭陽殿安歇。

劉弗陵對劉病已和孟玨說：「你們都回去吧！」

兩人行禮告退。

劉弗陵剛進宣室殿，就看到了坐在廂殿頂上的雲歌。

劉弗陵仰頭問：「怎麼還未歇息？」

「聽曲子呢！」

「快下來，我有話和妳說。」

「不。」雲歌手支下巴，專注地看著天空。

劉弗陵看向于安，于安領會了皇上的意思後，大驚失色，結結巴巴地問：「皇上想上屋頂？要梯子？」磨蹭著不肯去拿。

富裕悄悄指了指側牆根靠著的梯子，「皇上。」

劉弗陵攀梯而上，于安緊張得氣都不敢喘，看到劉弗陵走到雲歌身側，挨著雲歌坐下，才吐了口氣，回頭狠瞪了富裕一眼。

「在聽什麼曲子？」

「折腰舞曲。」

「好聽嗎？」

「好聽得很！」

劉弗陵微笑：「妳幾時在宮裡培養了這麼多探子？」

「你明目張膽地派人回來拿簫，我只是好奇地問了問，又去偷偷看了看。」

劉弗陵笑意漸深，「不是有人常自詡大方、美麗、聰慧嗎？大方何來？聰慧何來？至於美麗……」劉弗陵看著雲歌搖頭，「生氣的人和美麗也不沾邊。」

雲歌怒道：「你還笑？霍家小姐的舞可好看？」

「不好看。」

「不好看？看得你們一個、二個眼睛都不眨！說假話，罪加一等！」

「好看。」

「好看？那你怎麼不把她留下來看個夠？」

劉弗陵去握雲歌的手：「我正想和妳商量這件事情。」

雲歌猛地想站起，卻差點從屋頂栽下去，劉弗陵倒是有先見之明，早早握住她的手，扶住了她。

雲歌的介意本是五分真五分假，就連那五分真，也是因為和霍成君之間由來已久的芥蒂，心中的不快並非只衝今夜而來。

她冷靜了一會兒，寒著臉說：「不行，沒得商量。我不管什麼瞞天過海、緩兵之策，什麼虛情假意、麻痺敵人，都不行。就是有一萬條理由，這樣做還是不對，你想都不要想！」

「好像不久前還有人想過把我真撮合給別人，現在卻連假的也不行了嗎？」劉弗陵打趣地笑看著雲歌。

雲歌羞惱，「彼一時，此一時。何況，你已經害了一個上官小妹，不能再害霍成君一生。我雖不喜歡她，可我也是女子。」

劉弗陵臉上的笑意淡去，「雲歌，不要生氣。我和妳商量的不是此事。如妳所說，我已經誤了小妹年華，絕不能再誤另一個女子。」

原來劉弗陵先前都只是在逗她，微笑於她的介意。雲歌雙頰微紅，低頭嘟囔：「只能誤我的。」

劉弗陵笑，「嗯，從妳非要送我繡鞋時起，就註定我要誤妳一生。」

雲歌著急，「我沒有！明明是你盯著人家的腳看，我以為你喜歡我的鞋子。」

「好，好，好，是我非要問妳要的。」

雲歌低著頭，抿唇而笑，「你要商量什麼事？」

「看來霍光打算把霍成君送進宮。我膝下無子，估計田千秋會領百官諫議我廣納妃嬪，首選自然是德容出眾的霍成君。如果小妹再以皇后之尊，頒布懿旨配合霍光在朝堂上的行動。」劉弗陵輕嘆，「到時候，我怕我拗不過悠悠眾口，祖宗典儀。」

「真荒唐！你們漢人不是號稱『禮儀之邦』嗎？嘲笑四方蠻夷無禮儀教化的同時，竟然會百官要求姨母、外甥女共事一夫？」

劉弗陵淡笑：「是很荒唐，惠帝的皇后還是自己的親侄女，這就是天家。」

雲歌無奈，「陵哥哥，我們怎麼辦？」

「我們要請一個人幫忙。」

「誰？」

「上官小妹。」

「她會幫我們嗎？她畢竟和霍氏息息相關，她在後宮還要仰賴霍光照顧。」

劉弗陵嘆息，「我也不知道。」

第二日，劉弗陵去上朝，雲歌去找上官小妹。

椒房殿的宮女已經看慣雲歌的進進出出，也都知道她脾氣很大，若想跟隨她和皇后，她肯定一點顏面不給的一通臭罵。況且她和皇后之間能有什麼重要事情？所以個個都很知趣，由著她和皇后去玩。

雲歌將霍光想送霍成君進宮的意思告訴了小妹，小妹心如針刺，只覺前仇、舊恨都在胸間翻湧，面上卻笑意不變。

「小妹，妳能幫皇上阻一下霍成君進宮嗎？」

上官小妹微微笑著說：「我不懂這些事情，也不想管這些事情。我只是個弱女子，既沒能耐幫霍光，也沒能力幫皇上。」

她本以為雲歌會大望，或者不開心，卻不料雲歌淺淺笑著，十分理解地說：「我明白，妳比我們更不容易。」

小妹覺得那個「我們」十分刺耳，甜膩膩地笑道：「姐姐日後說話留意了，皇上是九五之尊，只有『朕』、『孤』，哪裡來的『我們』？被別人聽去了，徒增麻煩！」

雲歌嘻嘻笑著，點點頭，「嗯，我知道了！在別人面前，我會當心的。小妹，謝謝妳！」

不知道這個雲歌是真傻，還是假糊塗，小妹只覺氣堵，扭身就走，「我昨兒晚上沒休息好，想回去再補一覺，下次再和姐姐玩。」

雲歌回到宣室殿，劉弗陵一看她臉色，就知道小妹拒絕了，「沒有關係，我另想辦法。」

如果霍光很快就行動，雲歌實在想不出來能有什麼好主意阻止霍光，但不忍拂了劉弗陵的好意，只能笑著點頭。

劉弗陵握住了她的手，「妳知道夜裡什麼時候最黑？」

「什麼時候？三更？子夜？」

劉弗陵搖頭，「都不是，是黎明前的一刻最黑。」

雲歌緊握著劉弗陵的手，真心笑了出來，「嗯。」

昌邑王進京，皇上親自出宮迎接，一等就是一個多時辰，絲毫未見怪，又特別恩賜昌邑王住到了昭陽殿，聖眷非同一般。在昭陽殿內執役的宦官、宮女自不敢輕慢，個個卯足了力氣盡心服侍。眾人自進宮起就守著無人居住的昭陽殿，在天下至富至貴之地，卻和「富貴」毫無關係，好不容易老天給了個機會，都指望著能抓住這個機會，走出昭陽殿。對昌邑王帶來的兩個貼身侍女也是開口

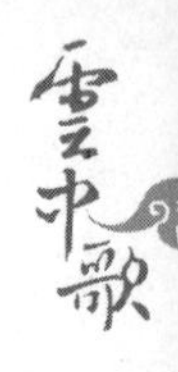

「姐姐」，閉口「姐姐」，尊若主人。

只是，其中一個侍女，冷若冰霜，不管他們如何巴結，連個笑臉都不給；另一個倒是笑容甜美，和善可親，卻是個啞巴，不管他們說什麼，都一味地笑。眾人的心力卯得再足，卻沒地方使，只能淡了下來。

劉弗陵和雲歌到昭陽殿時，日已上三竿，劉賀仍沉睡未起。

正在廊下閒坐著的四月和紅衣見到雲歌都是一愣，雲歌見到她們卻是驚喜，「若知道是妳們來，我早該過來找妳們玩。」

四月、紅衣只笑了笑，先給劉弗陵請安，「陛下萬歲，王爺不知陛下要來，仍在歇息，奴婢這就去叫王爺。」

紅衣扭身進了寢殿，四月恭請劉弗陵進正殿。

昭陽殿內的花草長得十分喜人，幾叢迎春花開得十分好，淡淡鵝黃，臨風自舞，一株杏花也含羞帶怯地吐露了幾縷芳蕊。

劉弗陵看雲歌已經湊到跟前去看，遂對四月擺了擺手，「就在外面吧！」宦官聞言趕忙鋪了雀翎氈，展了湘妃席，燃起金獸爐，安好坐榻。一切安置妥當後，悄悄退了下去。

劉弗陵坐等了一盞茶的工夫，劉賀仍未出來。劉弗陵未露不悅，品茶、賞花、靜等。

雲歌在花壇前轉了幾個圈子，卻是不耐煩起來，跑到窗前敲窗戶。紅衣推開窗戶，笑敲了一下雲歌的手，無奈地指指榻上。

劉賀竟然還在榻上，聽到聲音，不滿地嘟囔幾聲，翻了個身，拿被子捂住耳朵繼續睡。

雲歌詢問地看向劉弗陵，劉弗陵微微搖了搖頭，示意她稍安毋躁，再等一等。

雲歌皺了皺眉，順手拎起窗下澆花的水壺，隔窗潑向大公子。

紅衣掩嘴，四月瞪目，大公子慘叫著，騰的一下就掀開被子跳到了地上，怒氣沖沖地看向窗外，雲歌也氣沖沖地瞪著他。

劉賀看到雲歌，呆了一下，洩了氣，招手叫紅衣給他拿衣服。

他胡亂洗漱了一下，隨意披上外袍，就出屋向劉弗陵磕頭問安。

劉弗陵讓他起身，又賜坐。劉賀也未多謙讓，坐到劉弗陵對面，接過紅衣端上來的濃茶，先大灌了一口，看向雲歌：「妳怎麼在這裡？」

雲歌譏嘲，「我在宮裡住了很長日子，你竟然一點消息都沒有？別在那裡裝糊塗！」

劉賀頭疼地揉太陽穴，「我只知道有個宮女鬧得眾人心慌，哪裡能想到宮女就是妳？老三，他……唉！我懶得摻和你們這些事情。陛下讓臣回昌邑吧！」

劉賀說話時，雙眸清亮，和昨天判若兩人。

劉弗陵問：「賀奴玩夠了？」

劉賀苦笑：「讓皇上見笑了。」

雲歌聽到劉弗陵叫劉賀「賀奴」，問道：「為什麼你叫賀奴？」

劉賀尷尬地笑：「不就是個小名嗎？哪裡有為什麼。」

雲歌知道劉弗陵可不會和她說這些事情，遂側頭看向于安，「于安，你不是一直想看我舞刀嗎？」

于安輕咳了兩聲，「王爺小時生得十分俊美，衛太子殿下見了小王爺，讚說『宋玉不如』。傳聞宋玉小名叫『玉奴』，宮裡妃嬪就笑稱小王爺為『玉奴』，小王爺很不樂意，抱怨說『太子千歲說了，玉奴不如我美麗』，一副很委屈的樣子，眾人大笑。當時先皇也在，戲笑地說『賀兒的話有理，可不能讓玉奴沾了我家賀奴的光。』從此後，大家都呼王爺為『賀奴』。當時皇上還未出生，只怕皇上也是第一次聽聞王爺小名的由來。」

往事歷歷猶在目，卻已滄海桑田，人事幾換。

劉賀似笑非笑，凝視著茶釜上升起的繚繚煙霧。

劉弗陵也是怔怔出神。他兩三歲時，太子和父皇的關係已經十分緊張，到太子死後，父皇越發陰沉，幾乎從沒有聽到父皇的笑聲。此時聽于安道來，劉弗陵只覺陌生。

雲歌牽著四月和紅衣的手，向殿外行去，「我帶妳們去別的宮殿轉轉。」

四月和紅衣頻頻回頭看劉賀，劉賀沒什麼表情，她們只能被雲歌半拖半哄地帶出宮殿。于安也安靜退到殿外，掩上了殿門。

劉弗陵起身走了幾步，站在半開的杏花前，「你還記得我們第一次見面是多少年前？」

「五年前，皇上十六歲時，臣在甘泉宮第一次得見聖顏。」那一年，他失去了二弟，他永不可能忘記。

劉弗陵微笑，「我卻記得是十七年前，我第一次見到你，當時你正躲在這株杏樹上偷吃杏子。」

劉賀驚訝地思索，猛地從席上跳起，「你……你是那個叫我『哥哥』，問我要杏子吃的小孩？」

劉弗陵微笑：「十七年沒見，你竟然還當我是迷路的少爺公子。我卻已經知道你是劉賀，你輸了。」

劉賀呆呆望著劉弗陵，一臉不可思議。

當年衛太子剛死，先皇已近七十，嫡位仍虛懸，所有皇子都如熱鍋上的螞蟻，急不可耐。其中自然也包括他的父王——昌邑哀王劉髆。

先皇壽辰，詔了所有皇子進京賀壽，各位皇子也紛紛帶了最中意的兒子。因為彼此都知道，皇位不僅僅是傳給皇子，將來還是傳給皇孫。如果有武帝中意的皇孫，自己的希望自會更大。

他並不是父王最中意的孩子，可他是皇爺爺最愛的孫子，也是母親唯一的孩子，所以不管父王樂意不樂意，他都會隨父王同赴長安。

在母親的千囑咐、萬叮嚀中，他上了馳往長安的馬車。

雖然母親對他極好，父王和他在一起的時間很少，可在他心中，他卻更親近父王。父王雖然十分風流多情，還有一點點權欲，但並不是強求的人。若太子不死，父王也是懶得動心，他會很願意守著昌邑，四處偷偷尋訪著美女過日子。可母親卻不一樣，母親對權欲的渴望讓他害怕，母親的冷酷也讓他害怕。他知道母親將和父親睡過覺的侍女活活杖斃，也知道其他妃子生的弟弟死的疑點多多，他甚至能感覺出父王笑容下對母親的畏懼厭惡。

從昌邑到長安，要走不少路。

漫漫旅途，父親對他不算親近。父親的旅途有美人相伴，並不孤單，可他的旅途很寂寞，所以他有很多時間思考母親的話，思考父親的話，思考母親的性格，思考父親的性格，思考他若做了太子，他的世界會如何。

當馬車到長安時，他做了個決定，他不可以讓母親得到皇位。

是的，他不能讓母親得到皇位。如果這個皇位是父親的，他很願意當太子，可是這個皇位怎麼可能是父親的？

呂后的「豐功偉績」是每個劉氏子孫都熟讀了的。竇太后為了專權，當年差點殺死皇爺爺的故事，他也聽先生講過的。

他可不想像惠帝劉盈，年紀輕輕就被母親呂后的殘忍給鬱悶死了。他也不覺得自己會幸運如皇爺爺，有個陳阿嬌可以幫著他一次又一次化險為夷。皇爺爺可是七歲就用「金屋藏嬌」把陳氏一族騙得給自己效死命，他今年已經十一，卻沒看到有哪個強大的外戚可以依靠。所以，母親還是把她的「雄才大略」留在昌邑國施展、施展就可以了，他到時候再鬱悶也有限。父王，也可以多活幾年。

既然他做了決定，那麼他所有的行為都是拚了命的和母親的叮囑反著來。

誦書，其餘皇孫誦四書五經，他背淫詩豔賦。

武藝，其餘皇孫騎馬、射箭、扛鼎，虎虎生威，他卻舞著一柄秀氣的越女劍，把花拳繡腿當風流倜儻。

父王鬱悶，他更鬱悶。

他也是少年兒郎，怎麼可能沒有爭強好勝的心？又怎麼可能願意讓別人嘲笑他？他也想一劍舞罷，滿堂喝彩，也想看到皇爺爺讚許的目光，而不是逐漸失望黯淡的目光。

可是，他不能。

當他從宴席上偷偷溜走，逛到昭陽殿時，看到滿株杏子正結得好。

起先在前殿，面對佳餚，他毫無胃口，此時卻突然餓了，遂爬到樹上，開始吃杏子。

聽到外面尋找他的宦官來回了幾趟，頻頻呼著他的名字，他毫不理會，只想藏在濃蔭間，將煩惱鬱悶暫時拋到腦後。

人語、腳步都消失。

只初夏的陽光安靜地從綠葉中落下。

他瞇著眼睛，眺望著藍天，隨手摘一顆杏子，吃完，再隨手摘一顆。

「『桃飽人，杏傷人，李子樹下埋死人。』你這樣吃杏子，小心肚子疼！」

一個四、五歲大的小孩，站在樹下，雙手背負，仰著頭，一本正經地教育他，眼睛裡面卻全是「饞」字。

他譏笑，扔了一顆杏子給小兒。

小兒猶豫了一下，握著杏子開始吃，吃完，又抬頭看著他。

他又扔了一顆給小兒。

一個躺於樹上，一個站在樹下，吃杏。

大概他太鬱悶了，也大概覺得樹下的小兒年齡還小，什麼都不會懂，所以他有一句、沒一句地開始和小兒說話。

他告訴小兒，他是大臣的公子，偷偷從宴席溜出來的。

小兒說自己也是大臣的公子，不小心就走到這個院子裡來了。

他隱晦地說著自己的煩惱，吹噓自己武功十分高強，文采也甚得先生誇讚。還點評著朝堂上的

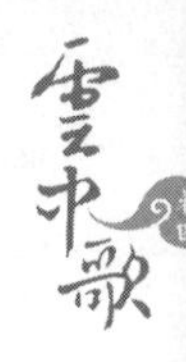

人與事，告訴小兒，若他生在皇家，憑他的能力絕對可以做好皇帝。

小兒咬著杏子點頭，「我相信哥哥。」

他有英雄不能得志的失意，還有落寞的荒唐感，自己竟然和一個四歲小兒吃杏談心。

小兒邊吃杏子，邊說著他的煩惱，被母親逼著幹這幹那，一定要出色，一定要比別人做得好，一定要比別的兄弟更得父親歡心。

他在樹上大笑，小兒的煩惱不也是他的煩惱？原來同是天涯淪落人。

看來小兒的母親也不是個「溫良恭順」的女人。他們既是母親的依靠，又是母親的棋子。每一家都有每一家的爭鬥。

不過四五歲，小兒卻口齒清晰，談吐有度。

他驚訝，「你父親是誰？」

小兒反問：「你父親是誰？」

他笑而不答，小兒也只是笑吃杏子。

他們的身分是一道屏障，點破了，還會有誰願意和他們說話呢？兩人一般的心思，只是各自不知道。

他看日頭西斜，跳下了樹，「我要走了，你也趕緊去找你父親吧！」

「哥哥，你還會來這裡吃杏子嗎？」小兒眼裡有依依不捨，小小的身影在陽光下，格外顯得幾分寂寞。

那種寂寞，他很熟悉，因為他也有。

「不知道，也許會，也許不會。」

「哥哥，我們能做朋友嗎？我讀《史記》時，十分羨慕那些俠客，杯酒交心，千金一諾，我常常幻想，我要是也有個這般的知己朋友該多好。雖居江湖之遠，仍可肝膽相照。」

他微笑，這大概是很多男兒的夢想。怒馬江湖，快意恩仇。片言能交心的朋友，生死可相隨的紅顏。司馬遷的《史記》，最動人心的是游俠列傳，而非帝王本紀，或名臣將相。

「如果你知道了我是誰後，還願意和我做朋友，我當然也願意。」他的語氣中有已看到結果的冷漠。

小兒咬著半個杏子皺眉思索。

「哥哥，我們打個賭，看看誰先知道對方是誰。誰先猜出，誰就贏了，輸的人要答應贏家一件事情哦！」

他聽到遠處的腳步聲，有些漫不經心，「好。我要走了，有緣再見。」

小兒拽住了他的衣袖，「我們要一諾千金！」

他低頭，看著剛到自己腰部的小兒，小兒抿著的唇角十分堅毅。人雖小，卻有一種讓人不敢輕視的氣勢。

他笑：「好，一諾千金！」

小兒放開他，「你快點離開吧！若讓人看到你在這裡，只怕要責備你。我也走了。」

他走出老遠，回頭時，還看到小兒頻頻回身和他招手。

在那之後，發生了太多事情，父喪，母亡，二弟死，三弟出現。

朝堂上的人事也幾經變換。

所有人都沒有想到先帝放著幾個羽翼豐滿的兒子不選，反而選擇了一個八歲雛兒，冒著帝權旁落的危險將江山交托。可惜當時母親已死，不然，看到鉤弋夫人因為兒子登基被先皇處死，母親應不會直到臨死，還恨他如仇。

而那個小兒的父親是否安穩渡過了所有風波都很難說。

杏樹下的經歷成了劉賀生命中被遺忘在角落的故事。只有極其偶爾，吃著杏子時，他會想起那個要和他做朋友的小兒，但也只是一閃而過。

劉賀說：「當年都說皇上有病，需要臥榻靜養，所以臣等一直未見到皇上，沒想到皇上在宮裡四處玩。」

「是母親要我裝病。不過那天吃了太多杏子，後來真生病了。」幾個哥哥都已羽翼豐滿，母親很難和他們正面對抗，不如藏拙示弱，讓他們先鬥個你死我活。

劉賀喟嘆，「螳螂捕蟬，黃雀在後。當時王叔們哪裡會把鉤弋夫人放在眼裡？」

劉弗陵沉默。母親若早知道機關算盡的結果，是把自己的性命算掉，她還會一心要爭皇位嗎？

劉弗陵說：「你輸了，你要為我做一件事情。」

劉賀幾分感慨，「不太公平，當年臣已經十一歲，即使相貌變化再大，都會有跡可尋，而皇上當時才四歲，容貌和成年後當然有很大差別。皇上認識臣，臣不認識皇上，很正常。」

「你以為我是見到你才認出你的嗎？你離去後，我就用心和先生學畫畫，一年小成，立即畫了你的畫像，打算偷偷打探。不想，收拾我書房的宮女，剛看到你的畫像就認出了你，與我笑說『殿下的畫雖好，可未將賀奴的風采畫出呢！』我就立即將畫撕掉了。」

劉賀無語，就如大人總不會把孩子的話當回事情一樣，他並未將承諾太放在心上。

「你若真想知道我是誰，憑你的身分去查問，不會太難。當日有幾個大臣帶孩子進宮，又能有幾個孩子四、五歲大小？」

劉賀歉然，「是臣不對，臣輸了。請皇上吩咐，臣一定竭力踐諾。」

劉弗陵道：「我當日和你打這個賭，是想著有朝一日，你若知道我是誰，定不會願意和我做朋友，所以我想如果我贏了，我就可以要求你做我的朋友。快要十七年過去，我還是這個要求，請你做我的朋友。」

劉賀沉默，很久後，跪下說：「既有明君，臣願做閒王。」

當年杏樹下的小兒雖然早慧，懂得在言語中設圈套，卻不知道人與人之間，有些距離是無法跨越的。

劉弗陵似乎沒有聽懂劉賀的彼「閒」非此「賢」，他拂了拂衣袖，轉身離去，「望你在長安的這段日子，讓朕能看到你當日在杏樹上所說的濟世安邦之才。對了，因為這裡無人居住，朕愛其清靜，後來常到這裡玩，聽此殿的老宦官說，昭陽殿曾是李夫人所居。」

雲歌和紅衣她們笑挽著手進來時，看見只劉賀一人坐在杏樹下，全然沒有平日的風流不羈，神情怔怔，竟有幾分悽楚的樣子。

四月略帶敵意地盯了眼雲歌，又打量著劉賀，剛想上前叫「王爺」，紅衣卻拽了拽她的衣袖，示意她噤聲。

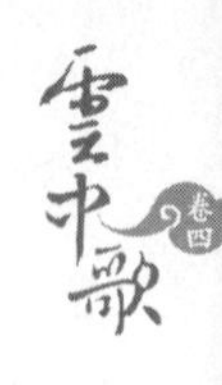

紅衣凝視著劉賀，眼中有了然，似乎完全明白劉賀此時在想什麼。她的眼中慢慢地浮起一層淚光，就在眼淚掉下的剎那，她藉著低頭揉眼，將眼淚拭去，再抬頭時，臉上已只是一個溫柔的笑。她輕輕走到劉賀身側跪下，握住了劉賀的手。劉賀看到她，伸手輕輕撫過她的笑顏，像是在她乾淨的笑顏中尋覓著溫暖，半晌後，他露了笑意，那個笑意慢慢地帶上了不羈和毫不在乎，最後變成了雲歌熟悉的樣子。

雲歌轉身想悄悄離開，卻聽到劉賀叫她：「雲歌，妳回來，我有話問妳。」

劉賀讓四月和紅衣都退下，請雲歌坐到他對面，「我下面問的話對我很重要，妳一定要對我說實話。」說著「重要」，卻依舊笑得吊兒郎當。

雲歌卻凝視著他清亮的眼睛，鄭重地點了點頭。

「妳小時候是不是認識皇上？你們是不是在西域認識的？」

雲歌愣住，她雖然告訴過許平君她和皇上小時候認識，卻從沒有提過和皇上在何地認識，片刻之後，她答道：「是的。」

劉賀搖著頭苦笑，喃喃自語，「原來我全弄錯了！一直以為是三弟……難怪……難怪……現在終於明白了……」

「你弄錯了什麼？」

劉賀笑道：「我弄錯了一件很重要的事情，也許會鑄成大錯。雲歌，妳還記得皇上和妳一起救過的一個少年嗎？」

雲歌側著頭，笑著嘟囔：「陵哥哥都和你說了些什麼？怎麼連月生的事情也和你講了。」

劉賀心中最後一點的不確定也完全消失，他凝視著雲歌說：「這麼多年過去，妳竟然還記得他的名字，如果月生知道，一定會很開心。」

雲歌道：「陵哥哥記得比我還牢！他一直覺得自己對不起月生，他一直很努力地想做一個好皇帝，就是為了不要再出現像月生的人。」

劉賀的笑容僵了一僵。雲歌問：「你願意留在長安幫陵哥哥嗎？」

劉賀長吁了口氣，心意已定，笑嘻嘻地說：「我會住到你們趕我出長安城。」

雲歌喜得一下跳了起來，「我就知道你這人雖然看著像個壞蛋，實際心眼應該挺好。」

劉賀苦笑。

# 第三十二章 馨香盈室

天下不會有人比她更會說謊，
人家只是在生活中說謊言，而她卻是用謊言過著生活，
她的生活就是一個謊言。
可她看不出雲歌有任何強顏歡笑，也看不出雲歌說過任何謊。

長安城從來不缺傳奇。

在這座世上最宏偉繁華的都城裡面，有異國做人質的王子，有歌女當皇后，有馬奴做大將軍，有金屋藏嬌，有傾國傾城，當然，也還有君王忽喪命，太子成庶民，皇后草席葬。

長安城的人不會隨便驚訝興奮，在聽慣傳奇的他們看來，能讓他們驚訝興奮的傳奇一定得是真正的傳奇。什麼某人做了將軍，誰家姑娘麻雀變鳳凰嫁了王爺，這些都不是傳奇，頂多算可供一談的消息。

可在這個春天，長安城又有一個傳奇誕生，即使見慣傳奇的長安百姓也知道這是一條真正的傳

奇，會和其他傳奇一樣，流傳百年、千年。

「奉天承運，皇帝詔曰：巫蠱之禍牽涉眾多，禍延多年，朕常寢食難安。先帝嫡長曾孫劉詢，流落民間十餘載。秉先帝遺命，特赦其罪，封陽武侯。」

劉詢，衛太子的長孫，剛出生，就帶著盛極的榮耀，他的滿月禮，先皇曾下詔普天同慶。可還未解人事，衛太子一脈就全被誅殺，小劉詢被打入天牢。

其後他所在的天牢就禍事不斷。先是武帝身體不適，傳有妖孽侵害帝星，司天監觀天象後說有來自天牢的妖氣沖犯帝星，武帝下令誅殺牢犯。再接著天牢失火，燒死了無數囚犯。還有天牢惡徒暴亂，屠殺獄卒和犯人。

小劉詢在無數次的「意外」中，生死漸成謎。有傳聞已死；也有傳聞他還活著。但更多人明白，所謂活著，那不過是善良人的美好希望而已。

隨著武帝駕崩，新皇登基，屬於衛太子的一頁徹底翻了過去。衛太子的德行功績還會偶爾被談起，但那個沒有在世間留下任何印記的劉詢已經徹底被人遺忘。

卻不料，十餘載後，劉詢又出現在長安城，而且還是不少長安人熟悉的一個人：游俠之首——劉病已。

從皇孫到獄囚，從獄囚到游俠，從游俠到王侯。怎樣的一個傳奇？

有關劉詢的一切都被人拿出來談論，似乎過去的一切，今日看來都別有一番深意。

「遊手好閒」變成了「忍辱負重」，「不務正業」也成了「大志在胸」，「好勇鬥狠」竟成了「俠骨柔腸」。

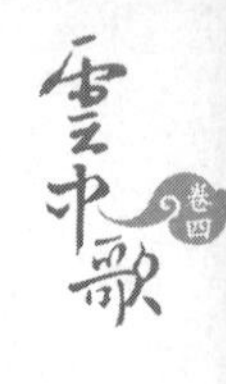

還有他與許平君的良緣，從許平君「鬼迷心竅、瞎了雙眼」變成了「慧眼識英雄」，成為人們口中的又一個傳奇女子。

朝中文武大臣也對衛皇孫的突然現身議論紛紛。

霍光細心觀察著一切，可他怎麼都猜不透劉弗陵究竟想做什麼。

皇帝一貫忌憚宗親勝過忌憚大臣，因為宗親篡位的可能性要遠遠大於臣子。

可是劉弗陵卻一步一步地替劉詢鋪路，先讓劉詢在朝堂上綻放光芒，博得朝臣賞識，再讓劉詢獲得民間的認可。本來一些大臣還對皇上提拔劉詢不服，可知道了劉詢的身分後，那點不服也變成了心悅誠服。

皇上封劉詢為侯後，任命劉詢為尚書令，錄尚書事，負責皇上詔命、諭旨的出納。官職雖不大，卻是個能很快熟悉政事的好位置。

還有劉賀。

霍光也一直看不透此人。說他的荒唐是假，可劉賀並非近些年為了韜光養晦，才開始荒唐，而是先帝在位時，霍光看到的就是一個荒唐皇孫，那時劉賀不過十一二歲，霍光完全想不出來劉賀為什麼要故作荒唐。可若說他的荒唐是真，霍光又總覺得不能完全相信。

他現在完全猜不明白劉弗陵為什麼要把劉賀詔進長安。

猶如下棋，現在雖能看見對方手中的棋子，卻不知道對手會把棋子落在哪裡，只能伺機而動。

目前的當務之急，是要霍氏女子誕下第一個皇子，一旦有皇子依靠，別的什麼都會好辦許多。

霍光為了送霍成君進宮，先去見小妹，與小妹商量。

一則，不管劉弗陵喜不喜女色，為了皇位，他當然會願意選秀女、納妃嬪。若是選了各個大臣的女兒入宮，將臣子的家族利益和皇帝的權力緊密聯合起來，劉弗陵就會得到有力的幫助，可以大大削弱霍氏在朝堂上的力量。可這絕不是霍光想要看到的局面，該如何阻擋身居要位大臣的女兒入宮，只選幾個無關緊要的女子充數，明處就要全力依靠小妹了。二則，他不想小妹從別人那裡，聽聞他打算送霍成君入宮的消息，那會讓小妹感覺自己和霍氏不夠親密，他想讓小妹覺得她也是霍家的一員。

小妹還是一貫的溫順聽話，對他所吩咐的事情一一點頭，對霍成君進宮的事情，拍手歡呼，喜笑顏開，直呼：「終於有親人在宮裡陪我了。」

上官皇后十四歲的生辰宴。

在霍光主持下，宴席是前所未有的隆重。

朝廷百官、誥命夫人齊聚建章宮，恭賀皇后壽辰。劉弗陵也賜了重禮，為小妹祝壽。

小妹坐在劉弗陵側下方，聽到劉弗陵真心的恭賀，雖然不無寥落，卻還是很欣喜。

她大著膽子和他說話，他微笑著一一回答。他和她說話時，身體會微微前傾，神情專注。小妹在他的眼睛裡，只看見兩個小小的自己，她心裡的那點寥落也就全散了，至少，現在他只能看見她一個人。

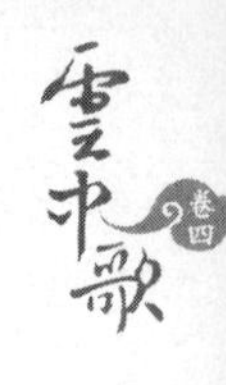



小妹忽地對霍光生了幾分難言的感覺。他畢竟還是自己的外祖父，也只有他能記掛著給自己舉辦盛大的壽筵，也只有他才能讓皇上坐在她身邊，陪她喝酒說話。

酒酣耳熱之際，禮部官員獻上民間繡坊為恭賀小妹壽辰特意準備的繡品。

八個宮女抬著一卷織品進來，只看寬度就有一兩丈。

小妹十分好奇，笑著問：「什麼東西要繡這麼大？」

八個宮女將繡品緩緩展開。

只看大紅綢緞上，繡了千個孩童，神態各異，有的嬌憨可愛，有的頑皮喜人，有的生氣噘嘴，有的狡慧靈動，不一而足。

送禮的官員磕頭恭賀：「恭賀皇上、皇后百子千孫。」

小妹的心，剎那就跌入了萬丈深淵。原來這才是霍光給她舉辦壽筵的目的！這可是她的生日呀！她袖中的手要狠狠掐著自己，才能讓自己還微笑著。

丞相田千秋站起，向劉弗陵奏道：「皇上，現在東西六宮大都空置，為了江山社稷，還請皇上、皇后早做打算。」

霍光看向小妹，目中有示意。

小妹的掌心已全是青紫的掐痕，臉上卻笑意盈盈地說：「丞相說的有理，都是本宮考慮不周，是應該替皇上選妃，以充後宮了。」

有了皇后的話，霍光才站起，向劉弗陵建議選妃，百官也紛紛勸諫。

劉弗陵膝下猶空，讓所有朝臣憂慮不安，即使政見上與霍光不一致的大臣，也拚命勸劉弗陵納妃嬪，一則是真心為了江山社稷，二則卻是希望皇子能不帶霍氏血脈。

劉弗陵淡淡說：「今日是皇后壽筵，此事容後再議。」

田千秋立即洋洋灑灑地開始進言，從高祖劉邦直講到先帝劉徹，沒有一個皇帝如劉弗陵一般，二十一歲仍後宮空置。

情勢愈演愈烈，在田千秋的帶領下，竟然百官一同跪求劉弗陵同意，起先還動作有先後。後來，偌大的建章宮前殿，黑壓壓一殿的人動作一致，齊刷刷地跪下，磕頭，再高聲同呼：「為了大漢江山社稷，請皇上三思！」聲音震得殿梁都在顫。

再跪下，再磕頭，再高聲同呼：「為了大漢江山社稷，請皇上三思！」

跪下……

磕頭……

高呼……

起來……

上百個官員一遍又一遍，聲音響徹建章宮內外。

眾人貌似尊敬，實際卻是不達目的不甘休的逼迫，劉弗陵只要不點頭，眾人就會一直要他「三思」。

連站在角落裡的雲歌都感覺到那迫人的壓力滾滾而來，何況直面眾人跪拜的劉弗陵？

劉弗陵凝視著他腳下，一遍遍跪拜的文臣武官，袖中的拳頭越握越緊，青筋直跳，卻沒有任何辦法能讓他們停止。

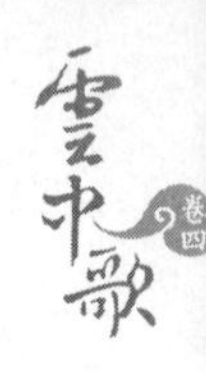

鸞座上的上官小妹突然直直向後栽去，重重摔在地上。

宮女尖叫：「皇后，皇后！」

小妹臉色煞白，嘴唇烏青，沒有任何反應。

百官的「為了大漢江山社稷，請皇上三……」霎時噤在口中，呆呆地看著已經亂成一團的宮女、宦官。

劉弗陵探看了小妹，吩咐道：「立即送皇后回宮，傳太醫去椒房殿。」

劉弗陵陪著皇后，匆匆離去。

一幫大臣，你看我，我看你，再看看已經空無一人的龍座鳳榻，面面相覷。

皇后生辰宴，皇后都沒了，還慶個什麼？眾人悻悻地離去。

田千秋走到霍光身旁，小聲問：「霍大人，您看如何是好？」

霍光臉上笑著，卻語氣森寒，對霍禹吩咐：「我不放心皇后身體，你去吩咐太醫，一定要讓他們仔細診斷，悉心照顧。」

霍禹道：「兒子明白。」匆匆去太醫院。

霍光對田千秋道：「老夫是皇后祖父，皇后鳳體感恙，實在令老夫焦慮，一切等皇后身體康復後再說。」

田千秋點頭：「人人說得是。」

霍光驚怒交加。

皇后感恙，身為人臣，又是皇后的外祖父，他斷無道理在這個時刻，不顧皇后病體，請求皇上選妃。霍成君若在這個時候進宮，傳到民間，很容易被傳成她與皇后爭寵，氣病了皇后。未封妃，先失德，對成君和霍氏的將來都不利。

深夜，霍禹領著幾個剛給小妹看過病的太醫來見霍光。

這幾個太醫都是霍光的親信，他們和霍光保證，皇后是真病，絕非裝病。乃是內積悒鬱，外感風寒，外症引發內症，雖不難治，卻需要耗時間悉心調理。

霍光的怒氣稍微平息幾分，疑心卻仍不能盡去。

第二日，一下朝，霍光就求劉弗陵准他探病。

他到了椒房殿，先仔細盤問宮女。

宮女向霍光回稟，在霍大人上次拜見皇后前，皇后夜裡就有些咳嗽，侍女橙兒還嘮叨著該請太醫來看一下，卻被皇后拒絕了。霍大人來見過皇后娘娘後，皇后顯得十分興奮高興，話也變得多了，只是白天常會頭疼和力乏，橙兒又勸皇后召太醫來看一下，皇后娘娘再次拒絕了，說等忙完這段日子，休息一下就好了。結果沒想到，拖到現在竟成了大病。

霍光算了算日子，懷疑小妹裝病的疑心盡去，只剩無奈，有些遷怒於小妹身畔的宮女，竟沒有一個真正關心小妹的身體，只聽到橙兒勸、橙兒操心，可這個橙兒卻根本不是他的人。

霍光去看小妹時，小妹在病榻上垂淚哭泣，「祖父，小阿姨什麼時候進宮？我好難受，想要小阿姨陪我，祖父，你讓小阿姨進宮來陪我。」

畢竟是他的骨血，霍光心中也有些難受。若是長安城普通官員的女兒生病了，肯定有母親細心照顧，有姐妹陪伴解悶，還會有父兄探望。小妹雖出身於最尊貴的家族，生病時，榻前卻只有一群根本不真正關心她的宮女。

霍光告辭後，特意將橙兒叫來，和顏悅色地向她叮囑，「悉心照料皇后娘娘。皇后娘娘身體康復後，定不會虧待妳，妳的父兄也會沾光不少。」

想到多年未見的父母、兄弟，橙兒有些黯然，向霍光行禮道謝，「服侍皇后娘娘是奴婢該做的。霍大人，有些話，也許不該奴婢說，可奴婢不說，也許就沒有人說，所以奴婢只能平心而做，不論對錯。」

霍光道：「我不是苛責的人，妳不必擔心，有事直講。」

「皇后娘娘這兩日一直有些低燒，奴婢常能聽到皇后娘娘說胡話，有時叫『祖父』，有時叫『娘』，有時叫『舅舅』，還會邊哭邊說『孤單』，半夜裡突然驚醒時，會迷迷糊糊問奴婢『小阿姨來了嗎？』大人若有時間，能否多來看看皇后娘娘？依奴婢想，只怕比什麼藥都管用。」

霍光目光掃向一側的宮女，幾個宮女立即低頭。

「奴婢守夜時，也聽到過。」

「奴婢也聽到過皇后娘娘說夢話，有一次還叫『祖父、舅舅，接我出宮。』」

「奴婢們想著都是些不緊要的思家夢話，所以就沒有……」

宮女囁嚅著，不敢再說。

霍光心裡最後的一點關於「內積悒鬱」的疑慮也全都散去，嘉許地對橙兒說：「多謝妳對皇后娘娘體貼的心思。」

橙兒忙道：「都是奴婢的本分，不敢受大人的謝。」

霍光出來時，碰到來看上官小妹的雲歌。

雲歌側身讓到路側，斂衽為禮。

霍光早知雲歌常來找小妹玩耍，小妹病了，雲歌自會來看，所以沒有驚訝，如待略有頭臉的宮女一般，微點了個頭，就從雲歌身旁走過。

橙兒看到雲歌，高興地把雲歌迎了進去。其他人都冷冷淡淡，該幹什麼就幹什麼。陪雲歌一起來的抹茶倒是很受歡迎。抹茶只是個普通宮女，無須過分戒備，人又性格開朗，出手大方，眾人陸陸續續從她那裡得過一些好處，所以看到抹茶都笑著打招呼。

聞到抹茶身上異樣的香，眾人好奇地問：「這是什麼熏香，味道這般別致？」

抹茶得意洋洋地打開荷包給她們看，「太醫新近做的，于總管賞了我一些，不僅香味特別，還可以凝神安眠，治療咳嗽。」

荷包一開，更是香氣滿室，猶如芝蘭在懷。

眾人在宮中，聞過的奇香不少，可此香仍然令一眾女子心動，都湊到近前去看，「真的這麼神奇嗎？我晚上就不易入眠。」

抹茶一如以往的風格，東西雖然不多，但是見者有份，人人可以拿一些。

雲歌對仍守在簾旁的橙兒笑說：「妳也去和她們一塊玩吧！我常常來，什麼都熟悉，不用特意招呼我。」

橙兒聞到香氣，早已心動，便笑著點點頭，「姑娘有事，叫奴婢。」也湊到了抹茶身旁，去拿香屑。

「妳好受一些了嗎？」

上官小妹聽到雲歌的聲音，依舊閉眼而睡，未予理會。

「多謝妳肯幫我們。」

小妹翻了個身，側躺著，「妳說什麼，我聽不懂。我病得有氣無力，哪裡還有力量幫人做事？」

雲歌不知道該說什麼，只能默默地坐著。

有宮女回頭探看雲歌和皇后，發覺兩人嘴唇都未動，雲歌只安靜坐在榻旁，皇后似有些疲倦，闔目而躺。

宮女安心一笑，又回頭和別的宮女談論著熏香，只時不時地留心一下二人的動靜。

上官小妹雖合著雙眼，看似安詳，心裡卻是淒風細雨，綿綿不絕。

祖父以為皇上不寵幸她，是因為她不夠嬌，不夠媚，以為皇上為了帝王的權力，會納妃嬪，散枝葉，可祖父錯了。

祖父不是不聰明，而是太聰明。他以為世上和他一樣聰明的男人，懂得何為輕，何為重，懂得如何取，如何捨，卻不知道這世上真有那聰明糊塗心的男人。

她不知道自己為什麼會一口拒絕雲歌，雖然她也絕不想霍成君進宮。也許她只是想看雲歌失望和難過，她不喜歡雲歌的笑。可是雲歌再次讓她失望了。

雲歌對她的拒絕未顯不開心，也未露出失望，只是很輕聲地說：「我明白，妳比我們更不容易。」

天下不會有人比她更會說謊，人家只是在生活中說謊言，而她卻是用謊言過著生活，她的生活就是一個謊言。可她看不出雲歌有任何強顏歡笑，也看不出雲歌說過任何謊。

在這個乍暖還寒的季節，偶感風寒很容易，所以她生病了。

她擔心祖父會把她生病的消息壓住，所以她不但要生病，還要生得讓所有人都知道。

每年春天，皇后都要率領百官夫人祭拜蠶神娘娘，替整個天下祈求「豐衣」，所以她本打算當眾病倒在桑林間，卻不料風寒把她內心裡的潰爛都引了出來，昨天晚上氣怒悲極下，突然就病發了。

她告訴自己，這只是為了自己而做，是為了橫刀自刎的母親而做，是為了小小年紀就死掉的弟弟而做，是為了上官家族的上百條人命而做。

她不是幫他，絕不是！

有宮女在簾外說：「皇后，到用藥的時辰了。」

上官小妹抬眸，含笑對雲歌說：「妳回去吧！我這病沒什麼大礙，太醫說安心調養三、四個月就能好，不用太掛心。」

雲歌默默點了點頭，行禮後，離開了椒房殿。

溫室殿內，劉弗陵正和劉賀談話。看到雲歌進來，劉賀笑著要告退。劉弗陵挽留住了他，未避諱劉賀，就問雲歌：「小妹如何？」

「她不肯接受我們的道謝。」

劉弗陵微點了點頭，未說話。

雲歌說：「小妹只給我們三、四個月的時間，以後的事情就要我們自己去解決。」

劉賀笑：「還在為霍成君犯愁？不就是拿沒有子嗣說事嗎？照臣說，這也的確是個事。皇上，晚上勤勞些，想三、四個月弄個孩子，別說一個，就是幾個都綽綽有餘了。臣倒是納悶了，皇上怎麼這麼多年一次都未射中目標？」

劉賀的憊賴的確無人能及，這樣的話也只他敢說。

劉弗陵面無表情，雲歌卻雙頰酡紅，啐了一聲劉賀，「你以為人人都和你一樣？」便扭身匆匆走了。

劉賀凝神打量劉弗陵，竟覺得劉弗陵的面無表情下，好似藏著一絲羞澀。

錯覺？肯定是我的錯覺！劉賀瞪大眼睛，絕不能相信地說：「皇上，你，你，不會還沒有，沒有……難道你還是童子身……不，不可能……」

太過難以置信，劉賀張口結舌，說不出來一句完整的話。

劉弗陵淡淡打斷了他，看似很從容平靜地說：「朕剛才問你，羌族、匈奴的問題如何處理，你還沒有回答朕。」

劉賀還想再問清楚一點，殿外宦官回稟，劉詢求見，劉賀方把話頭擱開。

等劉詢進來，劉弗陵又把問題重複了一遍，讓劉詢也思考一下。

劉賀笑嘻嘻地回道：「西域各國一直都是我朝的隱慮，但他們國小力弱，常會擇強而依，只要我朝能克制住羌人和匈奴，他們不足擔心。何況還有解憂公主在烏孫，撫慰連縱西域各國，靠著她和馮夫人的努力，即使先帝駕崩後，最動盪的那幾年，西域都沒有出大亂子，現在吏治清明，朝堂穩定，西域更不足慮。最讓人擔憂的是羌族和匈奴，而這兩者之間，最可慮的卻是羌族的統一，羌族一旦統一，我朝邊疆肯定要有大的戰事。」

劉弗陵點頭同意，劉詢神色微動，卻沒有立即開口。可殿上的兩人都是聰明人，立即捕捉到他的神情變化，劉賀笑道：「看來小侯爺已經想到應對辦法了。」

劉詢忙笑著給劉賀作揖：「王叔不要再打趣我了。」又對劉弗陵說：「這事倒不是臣早想過，而是有人拋了個繡球出來，就看我們現在接是不接。」

劉賀聽他話說得奇怪，不禁「咦」了一聲，劉弗陵卻只是微微頷首，示意他繼續講。

「皇上一定還記得中羌的王子克爾嗒嗒。克爾嗒嗒在賽後，曾去找孟玨說話，當著臣和雲歌的面，對孟玨說『他日我若為中羌王，你在漢朝為官一日，中羌絕不犯漢朝絲毫。』」

劉詢重複完克爾嗒嗒的話後，就再無一言，只靜靜看著劉賀和劉弗陵。

殿堂內沉默了一會兒後，劉賀笑嘻嘻地說：「中羌雖不是羌族各個部落中最強大的，可它的地理位置卻是最關鍵的。橫亙中央，北接匈奴、西羌，南接苗疆、東羌，不僅是羌族各個部落的樞紐，也是匈奴和苗疆之間的關隘，不透過中羌，匈奴的勢力難以涔入苗疆，不透過中羌，羌族也不可能完成統一，可一直主張羌族統一，設法聯合匈奴進攻我朝的就是如今的中羌酋長。」

劉詢點了點頭，「王叔說的極是。有明君，自會有良臣，讓孟玨這樣的人繼續為官，並不難。只是據臣所知，克爾嗒嗒是中羌的四王子，上面還有三個哥哥，他若想當王，卻不容易，如果他和父王在對漢朝的政見上再意見相左，那就更不容易了。」

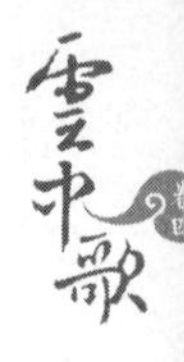

劉弗陵淡淡說：「那我們就幫他把『更不容易』變成『容易』。」

劉賀說：「克爾嗒嗒能想出這樣的方法去爭位，也是頭惡狼，讓他當了王……」他搖著頭，嘆了口氣。

劉弗陵淡笑道：「獵人打獵時，不怕碰見惡狼，而是怕碰見毫不知道弓箭厲害的惡狼。知道弓箭厲害的惡狼，即使再惡，只要獵人手中還有弓箭，它也會因為忌憚，而不願正面對抗獵人，但不知道弓箭厲害的狼卻會無所畏懼，只想撲殺獵人。」

劉賀想了一瞬，點頭笑道：「皇上不常打獵，這些道理卻懂得不少。都是惡狼，也只能選一隻生了忌憚心思的狼。」

劉弗陵說：「這件事情只能暗中隱祕處理，我朝不能直接干預，否則只會激化矛盾。」他看向劉詢，「你在民間多年，認識不少江湖中的風塵俠客，此事關係到邊疆安穩，百姓安危，我相信這些風塵中的俠客定有願意助你的。」

劉詢立即跪下，磕了個頭後，低聲說：「臣願效力，可是臣有不情之請。」

劉弗陵淡淡應道：「什麼？」

「此事若交給臣辦，皇上就不能再過問，江湖自有江湖的規矩。」

劉弗陵點頭同意，只叮囑道：「此事朕再不過問，只等著將來遙賀克爾嗒嗒接位登基。不過，你若需要任何物力、財力，可隨時來向朕要。」

劉詢心中激蕩，強壓著欣喜，面色平靜地向劉弗陵磕頭謝恩。

等劉詢退出去後，一直笑咪咪看著一切的劉賀，坐直了身子想說話，轉念間，卻想到連自己都能想到的事情，劉弗陵如何會想不到？他既然如此做，則定有他如此做的因由，就又懶洋洋地歪回了榻上。

劉弗陵卻是看著他一笑，道：「多謝。」

劉弗陵的通透讓劉賀暗凜，想起二弟，心裡黯然，面上卻仍是笑著。

劉詢的新府邸，陽武侯府。

霍成君不能順利入宮，對他們而言，應該是件好事，可劉詢總覺得孟玨心情不好，「孟玨，你好像很失望皇上不能納妃。」

「有嗎？」孟玨不承認，也未否認。

劉詢道：「皇上納妃是遲早的事情，就是不納妃嬪，還有個上官皇后。以雲歌的性格，可以容一時，卻絕不可能容一世，她離開是必定的事情。再說早知今日，何必當初？人未過門，你就三心二意，就是一般女子都有可能甩袖而去，何況雲歌？雲歌如今給你點顏色瞧瞧，也很對。」

孟玨微笑著說：「侯爺對我的事情了解幾分？當日情形，換成你，也許已經是霍府嬌客。」

劉詢未理會孟玨微笑下的不悅，笑問：「你不告訴我，我怎能知道？你究竟為什麼和霍光翻臉？」

孟玨淡笑，「侯爺今後需要操心的事情很多，不要在下官的事情上浪費工夫。」

僕人在外稟報：「昌邑王來賀侯爺喬遷之喜。」

劉詢忙起身相迎。

劉賀進來，看到孟玨，什麼話都沒有說，先長嘆了口氣。

劉詢似解非解。

孟玨卻已經明白，面上的笑容透出幾分寂寥。

劉賀將雲歌拜託他帶給許平君的東西遞給劉詢，「全是雲歌給夫人的。雲歌還說，若夫人的傷已經大好了，可以選個日子進宮去看她。如今她出宮不及夫人進宮來得方便。」

劉詢笑著道謝。

春天是一年中最有希望的季節，秋天的收穫正在枝頭醞釀。

因為百花盛開的希望，連空氣中都充滿芳香。

雲歌和劉弗陵並肩沿滄河而行。

滄河水滔滔，從天際而來，又去往天際，它只是這未央宮的過客。

雲歌看水而笑，劉弗陵也是微微而笑，兩人眼底有默契了然。

「陵哥哥，你想做什麼？」

雲歌的話沒頭沒腦，劉弗陵卻十分明白，「還沒有想好，想做的事情太多。嗯，也許先蓋座房子。」

「房子？」

「青石為牆，琉璃為頂。冬賞雪，夏看雨，白天望白雲，晚上看星星。」

雲歌為了和劉弗陵面對面說話，笑著在他前面倒走，「你要蓋我們的琉璃小築？你懂如何燒琉璃？對呀！煅燒琉璃的技藝雖是各國不傳之祕，你卻掌握著天下祕密，只此一門技藝的祕密，我們就不怕餓死了。」

說著，雲歌突然瞪大了眼睛，十分激動，「你還知道什麼祕密？」

劉弗陵微笑：「等以後妳覺得無聊時，我再告訴妳。只要妳想，有些祕密保證可以讓我們被很多國家暗中培養的刺客追殺。」

雲歌合掌而笑，一臉憧憬，「不就是躲迷藏的遊戲嗎？不過玩得更刺激一些而已。」

劉弗陵只能微笑。禪位歸隱後的「平靜」生活，已經完全可以想像。

兩人沿著鵝卵石鋪成的小道，向御花園行去。

「小心。」劉弗陵提醒倒走的雲歌。

「啊！」

可是雲歌正手舞足蹈，孟玨又步履迅疾，兩人撞了個正著，孟玨半扶半抱住了雲歌。

「對不……」話未說完，太過熟悉的味道，已經讓雲歌猜到來者是誰，急急想掙脫孟玨，孟玨的胳膊卻絲毫未鬆，將她牢牢圈在他的懷抱裡。

劉弗陵伸手握住了雲歌的手，「孟愛卿！」語短力重，是劉弗陵一貫無喜無怒的語調。可波瀾不驚下，卻有罕見的冷意。

雲歌感覺到孟玨的身子微微一僵後，終還是慢慢放開了她，向劉弗陵行禮，「臣不知皇上在此，臣失禮了，臣想請皇上准許臣和雲歌單獨說幾句話。」

劉弗陵詢問地看向雲歌。

雲歌搖頭，表示不願意，「你要說什麼，就在這裡說吧！」

孟玨起身，黑眸中有壓抑的怒火，「我聞到不少宮女身上有我製的香肩味道，妳身上卻一點沒有，妳怎麼解釋？」

「怎麼解釋？我把香肩送給她們，她們用了，我沒用唄！」

孟玨微微笑起來，「這個香肩總共才做了一荷包，看來妳是全部送人了。」

雲歌不吭聲，算默認。

「若一更歇息，二更會覺得胸悶，常常咳嗽而醒，輾轉半個時辰，方有可能再入睡……」

「宮裡有太醫給我看病，不需要你操心。」

「雲歌，妳真是牛脾氣！這是妳自己的身體，晚上難受的是自己。」

「你才是牛脾氣！我都說了不要，你卻偏要給我。你再給，我還送！」

劉弗陵總算聽明白了幾分來龍去脈，「雲歌，妳晚上難受，為什麼從沒有對我說過？」

雲歌沒有回答。心中暗想：你已經為了此事十分自責，現在還有更重要的事情要做，我不想因為一點咳嗽讓你更添憂慮。

劉弗陵又問：「孟玨既然有更好的法子治療妳的咳嗽，為什麼不接受？」

「我……」看到劉弗陵目中的不贊同，雲歌氣鼓鼓地扭過了頭。

「孟珏，拜託你再製一些香屑，朕會親自監督雲歌使用。」

孟珏向劉弗陵行禮告退，行了兩步，忽地回頭，笑對雲歌說：「藥不可亂吃，妳若不想害人，趕緊把那些未用完的香屑都要回來。」

雲歌鬱悶，送出手的東西，再去要回來？抹茶會殺了她的。

「孟珏，你騙人，你只是想戲弄我而已。」

「信不信由妳了。」孟珏笑意溫暖，翩翩離去。

雲歌惱恨地瞪著孟珏的背影，直到孟珏消失不見，才悻悻收回了視線。

一側頭，碰上劉弗陵思量的目光，雲歌有些不知所措，「陵哥哥，你在想什麼？」

劉弗陵凝視著雲歌，沒有回答。雖然孟珏人已走遠，可她眼中的惱怒仍未消。

雲歌對人總是平和親切，極難有人能讓她真正動氣，一方面是她性格隨和，可另一方面卻也是雲歌心中並沒有真正把對方當回事情，只要不在乎，自然對方如何，都可以淡然看待。

「陵哥哥……」雲歌握著劉弗陵的手，搖了搖。

劉弗陵握緊了她的手，微笑著說：「沒什麼，只是想，我該握緊妳。」

晚上。

雲歌正準備歇息，劉弗陵拿著一個木匣子進來，命抹茶將金猊熏爐擺好，往熏爐裡投了幾片香屑，不一會兒，屋子就盈滿幽香。

雲歌嘟囔，「他的手腳倒是麻利，這麼快又做好了。」

劉弗陵坐到榻側，笑讚道：「如此好聞的香屑，就是沒有藥效都很引人，何況還能幫妳治病？免了妳吃藥之苦。」

雲歌不想再提孟珏，拉著劉弗陵，要劉弗陵給她講個笑話。

劉弗陵的笑話沒說完，雲歌就睡了過去。

孟珏所製的香十分靈驗，雲歌一覺就到天明，晚上沒有咳嗽，也沒有醒來。

所以，這香也就成了宣室殿常備的香，夜夜伴著雲歌入眠。

# 第三十三章　蓮舟唱晚

塤音、歌聲彼此牽扯，在湖面上一波又一波盪開。
一個滄桑，一個哀婉。
詠唱著天地間人類亙古的悲傷：
愛與恨，生與死，團聚和別離。

---

劉弗陵越來越忙碌。

雲歌的日子卻越來越安靜。

她幫不上什麼忙，唯一能做的，大概就是不再給他添任何亂，所以雲歌盡力收起雜七雜八的心思，規規矩矩地做一個淑女，連紅衣那裡都很少去拜訪，常常在宣室殿內，一卷書，一爐香，就是一整天。

畢竟本性好動，她不是不覺得無聊，可是想到再過一段時間，就會澈底飛出這裡，心思也就慢慢沉澱下來，懷揣著她和劉弗陵的小祕密，喜悅地等著那一天的來臨。

在雲歌一天天的等待中，黑夜越來越短，白日越來越長，春的繽紛換成了夏的濃郁。

雲歌覺得自己已經睡了很久，可睜開眼一看，幾縷斜陽照得室內更加明亮。

這天怎麼還沒有黑？

她望著碧茜紗窗，數著一個個的窗格子。

「很無聊嗎？」一個人坐到了榻側。

雲歌驚喜，「怎麼今日天未黑，你就回來了？沒有事情忙了嗎？」

「準備得差不多，可以慢慢開始行動了。」劉弗陵回道。這段時間他又清減了不少，臉上頗有倦色，但因為喜悅，精神卻顯得十分好。

雲歌一下子坐了起來，「你選擇了誰？」又趕忙說：「不要告訴我是誰，我不善於在熟悉的人面前撒謊，我怕我會露了形跡。」

劉弗陵微笑：「他們二人都很好，目前還沒有看出來誰更適合。」

雲歌點頭，「你準備得如何了？」

「我已經將趙充國將軍調回京城，升杜延年為太僕右曹，右將軍張安世雖然十分謹小慎微，在我和霍光之間不偏不倚，但是他的哥哥張賀卻有豪俠之風，握一髮制全身，我把張賀握在手中，不怕他會幫霍光……」

雲歌驚訝：「張賀？張大人？你讓病已大哥出面，不管什麼事情，張大人都會盡力。」

「原來是……這樣。」劉弗陵明白過來，「看來真如他人所說，朝中仍有一些念衛太子舊恩的人。」

「究竟還有誰和他有交往，你要去問病已大哥。」

「劉病已不會告訴我的，臣子心繫舊主是大忌。」

雲歌嘆了口氣，「誰叫你是皇上呢？」

劉弗陵不在意地笑，「我心中有數就行了。不給妳講這些事情了，說了妳也聽不明白。妳個糊塗傢伙，只怕現在才知道右將軍張安世是張賀的弟弟。」

雲歌吐舌頭，「張大人官職低微，我怎麼能想到他的弟弟竟然官做得這麼高？那麼多文武官員，要一個個記住他們的名字都費力，還要再理清楚彼此之間的親戚關係，皇帝果然還是要聰明人才能勝任！你這麼聰明……」

劉弗陵笑敲了下雲歌的頭，「不用來繞我，有什麼話直接說。」

雲歌眉尖微蹙，「小妹的病已經好了，霍光應該會重提霍成君進宮的事情，你想好如何應付了嗎？」

劉弗陵的笑淡了，一時沒有說話。一般人都會有「不孝有三，無後為大」的壓力，何況皇帝呢？皇子關係著整個江山社稷，在這個問題上，朝堂內沒有一個官員會站在他這邊。

雲歌看到他的神情，忙笑著說：「你晚上想吃什麼？我做給你吃。」

劉弗陵握住雲歌的手說：「我會想辦法處理好霍成君的事情，妳不要擔心。」

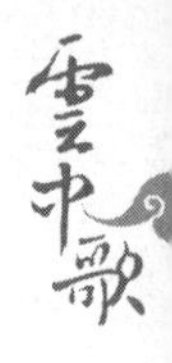

雲歌笑著點了點頭。

劉弗陵笑說：「聽聞淋池的低光荷開了，賀奴嚷嚷著這段日子太累，晚上要去遊湖。我已經命御廚準備小菜、鮮果、糕點，晚上邊賞荷邊吃，妳看可好？」

雲歌大樂，「還是賀奴得我心意。」

雲歌悶了很久，洗漱停當，就已經按捺不住，拉著劉弗陵直奔淋池。

不知道武帝當年從何處尋了此異花，淋池荷花與別處的荷花不同。一莖四葉，形如駢蓋，日光照射時葉片低首，所以稱為「低光荷」。每到花開季節，芬芳之氣十餘里外都可聞到。最神奇的是，荷葉食後能令人口氣常香，所以宮內妃嬪，宮外命婦，都極其喜歡此荷，以能得一枝半葉為榮。

此時太陽還未西落，碎金的光線映在片片低首的碧綠荷葉上，金碧交加，紫光瀲灩。

一朵朵碗口大的荷花，或潔白，或淡粉，三三兩兩地直鋪疊到天際。

風過時，葉動，光動，花動，水動。光影變化，色彩流離。

雲歌喜悅地叫：「整日鎖在屋中，看看我差點錯過了什麼！」

其他人都還未到，但劉弗陵看雲歌已等不及，遂命人放小船。

雲歌把船上持槳的宦官趕下了船，「不用你划，我自己會划船。」

于安擔憂，「皇上……」

劉弗陵看了他一眼，于安不敢再多言。

雲歌在于安不信任的目光中，把舟盪了出去。

小舟越行，荷花越茂密，漸漸四周都是荷花，兩人身在荷葉間，已經看不到岸上的人。

雲歌久未活動，划了不久，額頭就有細密汗珠沁出，臉頰透著健康的粉紅，人面荷花兩相映，自是一道風景。

雲歌看劉弗陵只盯著自己看，笑嗔，「你幹麼老是盯著我看？我又不會比荷花更好看！」

劉弗陵微笑不語，隨手摘了一枝大荷葉，倒扣在雲歌頭上，充做帽子遮陽。

遊湖的樂趣，一半在划船上。雲歌不想劉弗陵錯失划船之樂，把槳遞給他，「我教你划船。」

劉弗陵笑：「妳真把我當成什麼都不會做的皇帝了？皇帝小時候也和一般孩子一樣貪玩好鬧。」說著，接過槳開始划，幾下後，動作漸漸流利，划得不比雲歌差。

雲歌愜意地縮躺在船上，隨手扯了「帽子」邊緣的荷葉放進嘴裡。

「果然清香滿口。」撕了一片，她探身餵給劉弗陵。

船隨水走，本就有些搖晃，劉弗陵張嘴咬荷葉，雲歌身子一晃，往前一傾，劉弗陵含住了她的手指。

兩人都如觸電，僵在了船上，只小船晃晃悠悠，隨著水流打轉。

雲歌低著頭抽手，劉弗陵卻握住了她的手，另一隻手去攬她的腰，俯身欲吻雲歌。

雲歌只覺荷葉的幽香熏得人身子軟麻，半倚著劉弗陵的臂膀，閉上了眼睛。

劉弗陵的唇剛碰到雲歌唇上，雲歌腦內驀地想起對孟珏的誓言，猛地一把推開了他，「不行！」

雲歌用力太大，劉弗陵又沒有防備，眼看著就要跌到湖中，雲歌又急急去拽他，好不容易穩住身子，已是濕了大半截衣袍。

船仍在劇晃，兩人都氣喘吁吁。

劉弗陵的手緊緊扣著船舷，望著連天的荷葉說：「是我不對。」看似平靜的漆黑雙眸中，卻有太多酸澀。

雲歌去握他的手，劉弗陵沒有反應。

「陵哥哥，不是我……我不願意，只是因為……陵哥哥，我願意的，我真的願意的！」雲歌不知道該如何讓他相信，只能一遍遍重複著「願意」。

劉弗陵的心緒漸漸平復，反手握住了雲歌的手，「是我不對。」

劉弗陵眼中的苦澀受傷，都被他完完全全地藏了起來，剩下的只有包容和體諒。

雲歌知道只需一句話、或者一個動作，就可以撫平劉弗陵的傷，可她卻什麼都不能說、什麼都不能做，她突然十分恨孟珏，也十分恨自己。

「陵哥哥，等到明年，你不管想做什麼，我都願意，都絕不會推開你。」雲歌臉頰的緋紅已經燒到了脖子，卻大膽地仰著頭，直視著劉弗陵。

雲歌的眼睛像是燃燒著的兩簇火焰，劉弗陵心中的冷意漸漸淡去，被雲歌盯得不好意思，移開了視線，「被妳說得我像個好色的登徒子。西域女兒都這般大膽熱情嗎？」

雲歌拿荷葉掩臉，用荷葉的清涼散去臉上的滾燙。

劉弗陵划著船，穿繞在荷花間。

夕陽，荷花。

清風，流水。

小船悠悠，兩人間的尷尬漸漸散去。

雲歌覺得船速越來越慢，掀起荷葉，看到劉弗陵臉色泛紅，額頭上全是汗。

「陵哥哥，你怎麼了？」

劉弗陵抹了把額頭，一手的冷汗，「有些熱。」對雲歌笑了笑，「大概划得有些急了，太久沒有活動，有點累。」

雲歌忙摘了一片荷葉，戴在他頭頂，又用自己的荷葉給他搧風，「好一些了嗎？」

劉弗陵點了點頭。

雲歌拿過槳，「讓奴家來划，請問公子想去哪個渡頭？」

劉弗陵一手扶著船舷，一手按著自己的胸側，笑說：「小姐去往哪裡，在下就去哪裡。」

雲歌盪著槳，向著夕陽落下的方向划去。

一輪巨大的紅色落日，將碧波上的小舟映得只一個小小的剪影，隱隱的戲謔笑語，遙遙在荷香中盪開。

「奴家若去天之涯呢？」

「相隨。」

「海之角呢？」

「相隨。」

「山之巔呢？」

……

暮色四合時，雲歌才驚覺，在湖上已玩了許久，想著劉賀肯定等急了，匆匆返航。

未行多遠，只見前面一艘畫舫，舫上燈火通明，絲竹隱隱，四周還有幾條小船相隨。

雲歌笑，「白擔心一場，劉賀可不是等人的人。」

劉賀也看見了他們，不滿地嚷嚷，「臣提議的遊湖，皇上卻拋下臣等，獨自跑來逍遙。過牆推梯，過河拆橋，太不道義了。」

行得近了，雲歌看到劉詢和許平君共乘一舟，劉賀和紅衣同划一船，孟玨獨自一人坐了一條小舟。于安和七喜划了條船，尾隨在眾人之後。

雲歌有意外之喜，笑朝許平君招手，「許姐姐。」

看到劉弗陵，許平君有些拘謹，只含笑對雲歌點了點頭，趕著給劉弗陵行禮。

畫舫上的侍女有的吹笛，有的彈琴，有的鼓瑟。

畫舫在前行，小船在後跟隨，可以一面聽曲，一面賞景。

若論玩，這麼多人中，也只得劉賀與雲歌有共同語言。

劉賀得意地笑問雲歌：「怎麼樣？」

雲歌不屑地撇嘴，「說你是個俗物，你還真俗到家了。今晚這般好的月色，不賞月，反倒弄這麼個燈火通明的畫舫在一旁。荷花雅麗，即使要聽曲子，也該單一根笛，一管簫，或者一張琴，月色下奏來，伴著水波風聲聽。你這一船的人，拉拉雜雜地又吹又彈又敲，真是辜負了天光月色、碧波荷花。」

劉賀以手覆眼，鬱悶了一瞬，無力地朝畫舫上的人揮了下手，「都回去吧！」

畫舫走遠了，天地驀地安靜下來，人的五感更加敏銳。這才覺得月華皎潔，鼻端繞香，水流潺潺，荷葉顫顫。

劉賀問雲歌：「以何為戲？」

雲歌笑：「不要問我，我討厭動腦子的事情，射覆、藏鉤、猜枚，都玩不好。你們想玩什麼就玩什麼了，我在一旁湊樂子就行。」

許平君張了張嘴，想說話，卻又立即閉上了嘴巴。

劉詢對她鼓勵地一笑，低聲說：「只是遊玩，不要老想著他們是皇上、王爺，何況，妳現在也是侯爺夫人，有什麼只管說，說錯了，也沒什麼大不了。」

許平君大著膽子說：「王叔，妾身有個主意，四條船，每條船算一方，共有四方。四方根據自己的喜好，或奏曲，或唱歌，或詠詩，大家覺得好的，可以向他的船上投荷花，最後用荷花多少定哪方勝出，輸者罰酒。只是，孟大人的船上就他一人，有點吃虧。」

劉賀拍掌笑讚，「賞了很多次荷花，卻從沒有這麼玩過，好雅趣的主意。」掃了眼孟玨，「我們多給他一次機會玩，他哪裡吃虧了？雲歌，妳覺得呢？」

雲歌低著頭，把玩著手裡的荷葉，無所謂地說：「王爺覺得好，就好了。」

劉弗陵一直未出一語，劉賀向他抱拳為禮，「第一輪，就恭請皇上先開題。」

劉弗陵神情有些恍惚，似沒聽到劉賀說話。雲歌輕叫：「陵哥哥？」

劉弗陵疑問地看向雲歌，顯然剛才在走神，根本沒有聽到眾人說什麼。

雲歌輕聲說，「我們唱歌、作詩、奏曲子都可以，你想做什麼？」

雲歌說話時，纖白的手指在碧綠的荷莖上纏來繞去。劉弗陵看了她一瞬，抬頭道：「清素景兮泛洪波，揮纖手兮折芰荷。涼風淒淒揚棹歌，雲光曙開月低河。」

既應景，又寫人，眾人都叫好。劉病已讚道：「好一句『雲光曙開月低河』。」

幾人紛紛折荷花投向他們的船，不敢砸劉弗陵，只能砸雲歌，雲歌邊笑邊躲，「喂、喂！你們好生賴皮，這麼大的船，偏偏要往我身上扔。」

不多時，滿頭花瓣，一身芳香，雲歌哭笑不得，對劉弗陵說：「你贏，我挨砸。我們下次還是不要贏好了，這花蒂打在身上還是挺疼的。」

雲歌低著頭去拂裙上的荷花，劉弗陵含笑想替雲歌拂去頭上的花瓣，卻是手剛伸到一半，就又縮回，放在了胸側，另一隻手緊抓著船舷。

一直尾隨在眾人身後的于安，臉色驀沉，划船靠過來，在劉弗陵耳邊低語了一句，劉弗陵略微頷首。

劉弗陵笑對眾人說：「朕有些急事要辦，需要先回去。各位卿家不要因為朕掃了興致，繼續遊湖，朕處理完事情，立即回來。」

雲歌忙道：「我陪你一塊回去。」

劉弗陵低聲說：「是朝堂上的事情，妳過去，也只能在一邊乾等著。不如和大家一起玩，許平君難得進宮一趟，妳也算半個主人，怎麼能丟下客人跑了？我辦完了事情，立即回來。」

雲歌只能點點頭。

于安所乘的船只能容納兩人，他不願耽擱工夫讓七喜去拿船，「雲姑娘，妳先和別人擠一下，奴才用這艘船送皇上回去。」

劉賀笑道：「孟珏的船正好還可以坐一個人，雲歌就先坐他的船吧！」

雲歌未說話，于安已急匆匆地叫：「麻煩孟大人划船過來接一下雲姑娘。」

孟珏划了船過來。

劉弗陵對雲歌頷首，讓她大方對待，「我一會兒就回來。」

雲歌點點頭，扶著孟珏遞過的船槳，跳了過去。

于安立即躍到雲歌先前坐的地方，用足力氣划槳，船飛快地向岸邊行去。

劉弗陵一走，許平君頓覺輕鬆，笑說：「我們現在只有三條船，那就算三方了，每船都兩人，很公平。雲歌，剛才妳得的荷花算是白得了，不過可以讓妳點下家。」

雲歌感覺到所有人都在偏幫孟珏，沒好氣地說：「就許姐姐妳。」

說完又洩氣，有病已大哥在，他們很難輸。

不料許平君胸有成竹地一笑，未等劉詢開口，就吟道：「水晶簾下兮籠羞娥，羅裙微行兮曳碧波，清棹去兮還來，空役夢兮魂飛。」

除孟珏以外，所有人都目瞪口呆，連劉詢都像看陌生人一樣盯著許平君。

不是許平君作得有多好，她這首詠荷詩比劉弗陵的詠荷詩還差許多。可是一年前，許平君還不識字。從一字不識到今日這首詩，她暗中下了多少苦功？

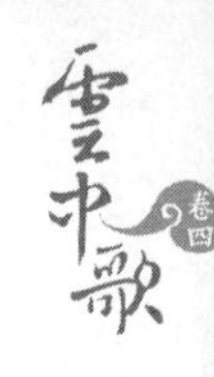

許平君看眾人都直直盯著她，心怯地看向孟玨，孟玨嘉許地向她點了點頭，許平君才放了心，不好意思地說：「不太好，各位就笑聽吧！」

「什麼不太好？簡直太好了！」雲歌大叫一聲，急急找荷花，孟玨將剛折到手的荷花遞給雲歌，雲歌匆忙間沒有多想，立即就拿起，朝許平君用力扔了過去，許平君笑著閃躲，紅衣的荷花也隨即而到，躲了一朵，沒躲開另一朵，正中額頭，許平君一邊嚷疼，一邊歡笑。

雲歌看孟玨想扔的方向是許平君的裙裾，不滿地說：「剛剛砸我時，可沒省力氣。」

孟玨將荷花遞給她，「給妳扔。」

雲歌猶豫未拿。

劉賀叫了聲雲歌，手裡拿著荷花，努了努嘴，雲歌會意而笑，忙抓起荷花，兩人同時扔出，一左一右，砸向許平君。許平君看雲歌扔的速度很慢，就先向左邊躲，不料右邊的荷花突然加速轉道，先打到左邊荷花上，然後兩朵荷花快速地一起打中許平君的頭。許平君揉著腦袋，氣得大叫，「大公子，雲歌，你們兩個欺負我不會武功！」

「妳先頭又沒說，扔荷花不許用武功。」雲歌向她吐吐舌頭，一臉妳奈我何的神氣。

許平君盈盈而笑，點點雲歌，「下一家，孟玨和雲歌。」

雲歌不依，「又要砸我？我……我……我什麼都不會，這輪算我輸了。」

劉賀和劉詢笑嘲：「妳不會，還有孟玨。孟玨，你不會打算向我們認輸吧？」

孟玨看向雲歌，雲歌側仰著腦袋望月亮。

孟玨淡笑，「輸就輸了。」舉起酒杯要飲。

劉賀叫：「太小了，換一個，換一個，旁邊的，再旁邊的。」

孟珏懶得推諉，舉起大杯，斟滿酒，一飲而盡。

劉賀嚷：「雲歌，該妳喝了。」

「孟珏不是剛喝過一杯？」

許平君笑：「雲歌，是你們兩個都輸了，自然兩人都該喝，哪裡只能讓一個人喝？」

「哼！砸我的時候，也不見船上還有另一個人？」

雲歌抱怨歸抱怨，酒仍是端了起來，還未送到嘴邊，孟珏把酒杯拿了過去，一口飲盡，朝眾人倒置了一下杯子。

雲歌低聲說：「我會喝酒，不需要你擋。」

孟珏淡淡說：「從今往後，咳嗽一日未澈底治好，便一日不許碰酒。」

劉賀和許平君朝雲歌擠眉弄眼，「不用挨砸，不用喝酒，這下可是能放心大膽地認輸了。」

孟珏指了指劉賀說，「別囉嗦，該你們了。」

劉賀舒舒服服地靠躺到船上，叫道：「紅衣，我就靠妳了。」

紅衣從袖裡取出一根碧綠的竹短笛，微笑著將竹笛湊到了唇畔。

紅衣的曲子如她的人一般，溫柔婉轉，清麗悠揚。

沒有如泣如訴的纏綿悱惻，也沒有深沉激越的震撼肺腑，不能感星閉月，也不能樹寂花愁。可她的笛音，就如最溫和的風，最清純的水，在不知不覺中吹走了夏天的煩躁，滌去了紅塵煩惱。

眾人都不自覺地放下了一切束縛，或倚，或躺，任由小舟隨波輕盪。

皓月當空，涼風撲面，友朋相伴，人生之樂，還有什麼？

紅衣側坐吹笛，劉賀不知何時，已經從船舷靠躺在了紅衣身上，仰望明月，嘴角含笑。

劉詢和許平君並肩而坐，雙手交握，望著船舷兩側滑過的荷花，微微而笑。

孟玨和雲歌隔著段距離一坐一臥，舉目望月，偶爾四目交投，孟玨眸內似流動著千言萬語，到了嘴邊卻只剩下一個若有若無的微笑。

紅衣的笛音悄無聲息地消失，眾人卻仍靜聽水流，遙賞月兔。

良久後，劉詢的聲音在荷花深處響起：「聞曲識人。大公子，你要惜福。」

劉賀笑問：「到底好是不好？怎麼不見你們投荷，也不見你們罰酒？」

眾人這才趕緊去折荷，但看著紅衣嫻靜的身姿，卻怎麼都砸不下去，紛紛把荷花砸向了劉賀。

劉賀卻非雲歌和許平君，看著身子未動，卻沒有一朵荷花能砸到他頭上，都只落到了袍襬上。

他嘻嘻笑著朝雲歌、許平君拱手：「多謝美人贈花。」又指著雲歌和孟玨，「我選你們。」

「又是我們？」雲歌鬱悶。

……

「仍是我們？」

……

「怎麼還是我們？」

……

「我知道是我們。」雲歌已經沒有力氣說話了。

劉詢和劉賀擺明了整她，不管她點誰，下一輪肯定又輪回來。

劉賀笑：「雲歌，妳還堅持不肯玩嗎？孟玨酒量再好，也禁不得我們這麼灌。不過，也好，也好，這小子狡猾如狐，從不吃虧，我從來沒有灌他灌得這麼痛快過。咱們繼續，繼續！回頭看看醉狐狸是什麼樣子。」

孟玨正要喝下手中的酒，雲歌道：「這輪，我不認輸。」

孟玨未置一言，靜靜放下了酒杯。

雲歌想了會兒說，「我給你們唱首歌吧！」輕敲著船舷，心內暗渡了下曲調，啟唇而歌：

清素景兮泛洪波，揮纖手兮折芰荷。
涼風淒淒揚棹歌，雲光曙開月低河。

雲歌並不善即興渡曲，又沒有樂器替她準音，時有不能繼，音或高或低，以至承接不順。

忽聞身側響起樂音，引她隨曲而歌。

雲歌側目，只看孟玨雙手握著一個塤，垂目而奏。

塤乃中原華夏一族最早的樂器，傳聞炎帝、黃帝時所創。因為是用大地的泥土煆燒而成，塤音也如廣袤無垠的大地，古樸渾厚、低沉滄桑中透著神祕哀婉。

雲歌的歌聲卻是清亮明淨，飛揚歡快。

兩個本不協調的聲音，卻在孟玨的牽引下，和諧有致，宛如天籟。

蒼涼神祕的塤音，清揚婉轉的歌聲，一追一逃，一藏一現，一逼一回，若即若離，似近似遠，逡遊飛翔於廣袤深洋，崇山峻嶺，闊邃林海，千里平原，萬里蒼穹。

起先，一直是塤音帶著歌聲走，可後來，歌聲的情感越來越充沛，也越來越有力量，反過來帶著塤音鳴奏。

塤音、歌聲彼此牽扯，在湖面上一波又一波盪開。一個滄桑，一個哀婉。詠唱著天地間人類亙古的悲傷：愛與恨，生與死，團聚和別離。

音靜歌停。

眾人屏息靜氣地看著孟玨和雲歌。

雲歌不知道自己何時竟直直站在船上，孟玨也有些恍惚，他並沒有想奏哀音，可當他把雲歌的歌聲帶出後，自己也被雲歌牽引，歌曲已經不只是他一個人控制，而他，只能將它奏出。

雲歌怔怔地站著，突然說：「我要回去。」

夏季時，劉弗陵會在清涼殿接見大臣，處理朝事。

雲歌先去清涼殿。

沒有人。

她又匆匆向宣室殿跑去。

宣室殿內漆黑一片，異常安靜。

雲歌心慌，難道陵哥哥去找他們了？正要轉身，于安不知從哪裡冒出來，「雲姑娘，皇上就在殿內。」于安大半個身子仍隱在黑暗中，完全看不到臉上表情，只覺得聲音陰沉沉的低。

雲歌不解，「你沒有在殿前侍候，怎麼守在殿外？皇上睡了嗎？怎麼一盞燈都不點？」說著話，人已經跑進了正殿。

靜坐於黑暗中的劉弗陵聽到聲音，含笑問：「怎麼這麼快就回來了？」

雲歌的眼睛一時未適應大殿的黑暗，隨著聲音，摸索到劉弗陵身旁，「你為什麼沒來？發生什麼事情了？你不開心？」

劉弗陵扶雲歌坐到他身側，「是有些不高興，不過沒什麼，不用擔心。」

「因為朝堂上的事情不順？霍光又為難你了？我們的計畫遇到阻礙了嗎？」

劉弗陵未說話，只是凝視著雲歌，伸手碰了碰她的頭髮，碰了碰她的眉毛，指肚在她的臉頰輕撫著。

他的手指冰涼，雲歌握住他的手，呵了口氣，「怎麼夏天了還這麼冰呢？以後你要和我一塊去騎馬、去爬山，幾個月下來，保管比吃什麼人參燕窩都有用。」

劉弗陵的聲音有些沙啞，「雲歌，今晚陪我一起睡，好嗎？就像上次一樣，妳睡一頭，我睡一頭。」

雲歌很想點頭，卻不能，「我……這次不行。我在這裡陪你說話，一直說到你想睡，好不好？」

劉弗陵看著雲歌的抱歉，沉默一瞬後，微笑著說：「好，妳給我講講你們剛才都玩什麼了。」

雲歌只講到紅衣吹笛，劉弗陵已經有些困倦，手放在胸上，靠到了榻上，閉著眼睛說：「雲歌，我想休息了，妳也去睡吧！幫我把于安叫進來。」

「嗯。你不要再想那些煩心的事情，等睡起來了，總會有辦法解決。」雲歌給他蓋了條毯子，輕輕退出了大殿。

第二日，雲歌起了個大早去看劉弗陵，寢宮卻已無人。

小宦官賠笑說：「皇上一大早就起身辦事去了。」

「哦，皇上今日的心情可好？」

小宦官撓頭，「姑娘，妳也知道，皇上一年四季都一樣，淡淡的，沒什麼高興，也沒什麼不高興。」

雲歌笑笑，未說話。陵哥哥的喜怒哀樂和常人沒什麼不同。

一連很多日，劉弗陵總是早出晚歸。

深夜，雲歌好不容易等到他時，他總是很疲憊的樣子，雖然他會強撐困倦和雲歌說話，雲歌卻不願再煩擾他，只想讓他趕快休息。

看來，又出了意外，讓他上次所說的「準備好了」，變成了「並沒有好」。

雲歌按下了心內的焦慮，重新開始靜靜的等待。

她開始親自照顧宣室殿內的各種花草。澆水、施肥、剪枝，還移植了一些喜陰的藤蘿過來，大概自幼做慣，她又本就喜歡做這些事情，宣室殿帶給她的焦躁隨著花草的生長平復了許多。

雲歌蹲在地上鬆土，每看到蚯蚓，總會高興地一笑。她剛開始照顧這些花草時，可是一條蚯蚓都沒有。

富裕站在一角，看了雲歌很久，最後還是湊到她身旁，即使冒著會被于總管杖斃的危險，他也要告訴雲歌。

「小姐，有件事情……皇上，皇上……」

雲歌放下了手中的小鐵鏟，安靜地看著富裕。

富裕不忍看雲歌雙眸中的清亮，低著頭說：「皇上這幾日離開清涼殿後，都去了椒房殿。」

雲歌未說一句話，只扭頭靜靜地凝視著眼前半謝的花。

很久後，她站起，「我想一個人走走，不要跟著我，好嗎？」

雲歌一路急跑，跑到了清涼殿外，腳步卻猛地停了下來，退到角落裡，只定定地凝視著殿門。

夏日的蟬正是最吵時，「知了、知了」地拚命嘶鳴著。

雲歌腦內的思緒漫無天際。一時想起和陵哥哥在草原上的盟約，心似乎安穩了，可一時又忽地想起了孟玨在山頂上給她的誓言，心就又亂了。一時想著這天下總該有堅貞不變、千金不能換的感情，一時卻又想起也許千金不能換，只是沒有碰到萬金、或者千萬金……

她不知道站了多久，日影西斜時，一個熟悉的人從清涼殿內出來，被身前身後的宦官簇擁著向左邊行去。

回宣室殿不是這個方向，這個方向去往椒房殿。

不過也通向別處，不是嗎？也許他是去見劉賀。雲歌在心裡對自己說。

她遠遠跟在後面，看到他向椒房殿行去，看到宮女喜氣洋洋地迎了出來，看到小妹歡笑著向他行禮。他緩步而進，親手扶起了盛裝打扮的小妹，攜著小妹的手，走入了內殿。

原來，他不是無意經過，而是特意駕臨。

她心裡最後相信的東西砰然碎裂。那些尖銳的碎片，每一片都刺入了骨髓，曾有多少相信期待，就有多少椎心刺骨的痛。

雲歌慢慢坐到了地上，雙臂環抱住自己，儘量縮成一團。似乎縮得越小，傷害就會越小。

紅衣拖起了地上的雲歌，劉賀說了什麼，雲歌並未聽分明，只是朝劉賀笑。

「……皇子關係著大漢命脈、天下百姓，不管政見如何不同，可在這件事情上，百官都在力諫……皇帝畢竟是皇帝，與其讓霍成君進宮，不如寵幸上官小妹。小妹若得子，只得一個兒子依靠罷了，霍成君若得子，卻後患無窮……」

劉賀的聲音淡去，雲歌只看到他的嘴唇不停在動。

原來所有人都早已經知道，只有她蒙在鼓裡。

雲歌不想再聽劉賀的開解，這些道理她如何不懂呢？原來這就是他的解決辦法。

笑著拒絕了紅衣和劉賀的護送，她獨自一人回宣室殿。

卻是天地茫茫，根本不知道該去哪裡。

漫無目的，心隨步走。

太液池上的黃鵠還是一對對高翔低徊，淋池荷花依舊嬌豔，滄河水也如往日一般奔流滔滔。

可是，有些東西，沒有了。

從未央宮，走到建章宮，又從建章宮回到未央宮，雲歌不知道自己走了多久，只看到月亮已經爬到了中天。

當她回到宣室殿時，劉弗陵立即從殿內衝了出來，一把握住她的胳膊，急急問：「妳，妳去哪……」語聲頓了一頓，緊握的手又慢慢鬆了，淡淡的語氣，「夜很深了，妳趕緊歇息吧！」

她不應該央求和企求一個人的心意。她應該昂著頭，冷淡地從他的面前走過去，可她做不到。雲歌有些恨自己。

可如果央求真能挽回一些東西，那麼，恨就恨吧！

「陵哥哥，我想和你說會兒話。」

劉弗陵轉過了身，「我很累了，有話明天再說吧！」

「陵哥哥！」

叫聲清脆，一如很多年前。

劉弗陵的腳步卻只微微停了一瞬，就頭也未回地進了寢殿，任雲歌痴痴立在殿前。

天仍漆黑，劉弗陵就穿衣起身。

他走出殿門，只見一個單薄的身影立在殿前的水磨金磚地上，織金石榴裙上露痕深重，竟好似站立了一夜。

「陵哥哥，我有話和你說。」

雲歌定定地盯著劉弗陵，面容蒼白憔悴，只有眼內仍亮著一點點希冀。

劉弗陵面色慘白，一瞬不瞬地凝視著雲歌。

「我要上朝。」

他從雲歌身旁直直走過，腳步匆匆，像是逃離。

雲歌眸內僅剩的一點光芒熄滅，她的眼睛只餘空洞、悲傷。

劉弗陵的腳停在了宮門的臺階前，無論如何也跨不出去，他驀然轉身，快走到了雲歌身旁，牽起她的手，拽著她急步向外行去。

馬車在黑暗中奔出了未央宮。

雲歌眼睛內有喜悅。

劉弗陵眸底漆黑一片，了無情緒。

「陵哥哥，我知道霍光又在逼你納妃，你是不是和小妹在演戲給他看？還有，你真的很想要孩子嗎？你可不可以等一等？我，我可以……」

劉弗陵的手放在了雲歌的唇上，笑搖了搖頭，「先把這些事情都忘掉，這半日只有妳和我，別的事情以後再說。」

看雲歌點頭答應了，劉弗陵才拿開了手。

于安也不知道皇上究竟想去哪裡。皇上拽著雲歌匆匆跳上馬車，只吩咐了句「離開未央宮，越遠越好」，所以他只能拚命打馬，催牠快行，無意間，竟走到了荒野山道上，顛簸難行，剛想要駕車掉頭，皇上挑起簾子，牽著雲歌下了馬車，「你在這裡等著。」

「皇上，荒郊野外，奴才還是跟著的好。」

「我和雲歌想單獨待一會兒。」

看到皇上眼底的寥落無奈，于安心頭酸澀難言，不再吭聲，安靜地退到了路旁。

劉弗陵和雲歌手挽著手，隨山道向上攀援。

雲歌抬頭看看山頂，再看了看天色，笑說：「我們若快點，還來得及看日出。」

「好，看誰最早到山頂。」

「陵哥哥，我若贏了，你要答應我件事情，算作獎品。」

劉弗陵未說話，只笑著向山上快速爬去。

雲歌忙追了上去。

兩人都放開心事，專心爬山，一心想第一個看到今日的朝陽。

山看著並不高，以為很好爬，不料越往上行就越陡，有的地方怪石嶙峋，荊棘密布，幾乎無路。

雲歌看劉弗陵的額頭全是汗，「陵哥哥，我有點爬不動了，下次我們來早些，慢慢爬吧！」

「下次的日出已經不是今日的日出。人生有些事情，是我無能為力的，可這次卻是我可以控制的。」劉弗陵語氣中有異樣的堅持，雲歌不敢再提議放棄。

劉弗陵看雲歌邊爬邊看他，用袖擦了擦臉上的汗，笑道：「一年四季，車進車出，做什麼都有

人代勞，難得活動一次，出點汗是好事情。」

雲歌想想也是，釋然一笑，手足並用地向山上爬去。

好幾次，看著前面已經無路，雲歌猶豫著想放棄，隨在她身後的劉弗陵卻總是極其堅持，堅信一定有路可以到山頂。

兩人用木棍劈開荊棘，劉弗陵把身上的長袍脫了下來，在極陡峭的地方，用它搭著樹幹，充作繩子，繼續向上攀。

而每一次以為的無路可走，總會在堅持一段後，豁然開朗。或有大樹可供攀援，或有石頭可供落腳，雖不是易途，卻畢竟是有路可走。

山頂近在眼前，東邊的天空積雲密布，漸泛出紅光，太陽眼看著就會跳出雲海。

對今天的日出，雲歌從剛開始的不在乎，變得一心期待，一邊急急往上爬，一邊叫：「陵哥哥，快點，快點，太陽就要升起來了。」

就在要登上山頂時，雲歌回頭，卻看劉弗陵的速度越來越慢，她想下去，拽他一起上來，劉弗陵仰頭望著她說：「妳先上去，我馬上就到。不要兩人一起錯過，妳看到了，至少可以講給我聽，快點！」

雲歌遲疑，劉弗陵催促：「妳看見和我看見是一樣的，快上去。」

雲歌用力拽著樹枝，最後一躍，登上了山頂。

在她登臨山頂的同時，一輪火紅的圓日，從洶湧澎湃的雲海中跳出，剎那間，天地透亮，萬物生輝。

眼前是：碧空萬里，千巒疊翠；回眸處：劉弗陵迎著朝陽對她微笑，金色的陽光將他的五官細細勾勒。

雲歌眼中有淚意，驀地張開雙臂，迎著朝陽，「啊」的大叫了出來。胸中的悒鬱、煩悶都好似被山風滌去，只覺人生開闊。

劉弗陵緩緩登到山頂，坐到石塊上，含笑看著雲歌立在山崖前，恣意地飛揚。他偶爾一個忍耐的皺眉，卻很快就被壓了下去。

雲歌大喊大叫完，方覺得有些不好意思，笑坐到劉弗陵腿側，臉俯在他膝頭，「在宮裡不敢亂叫，只好在荒郊野外撒瘋。」

劉弗陵想用衣袖擦去雲歌臉上的汗跡，抬胳膊一看，自己的袖子五顏六色，絕不會比雲歌的臉乾淨，只得作罷。

雲歌的臉在他掌間輕輕摩挲，「陵哥哥，我覺得你近來愛笑了。」

劉弗陵微笑地眺望著遠處，沒有說話。

「可我覺得你的笑，不像是開心，倒像是無可奈何的隱藏。陵哥哥，我也不是那麼笨，好多事情，你若為難，可以和我商量。可是，你不能，不能……你說過只誤我一生的。我看到你和別人，心裡會很痛。」

「雲歌……」劉弗陵手指輕碾著她的髮絲，眉間有痛楚。他緩緩深吸了口氣，唇畔又有了淡淡的笑意，「妳會記住今天看到的日出嗎？」

「嗯。」雲歌枕在他的膝頭，側臉看向山谷，「雖然我以前看過很多次日出，但是今天的最特別，而且這是你陪我看的第一次日出，我會永遠記住。」

「雲歌，我想妳記住，人生就如今天的登山，看似到了絕境，但只要堅持一下，就會發覺絕境後另有生機。每次的無路可走，也許只是老天為了讓妳發現另一條路，只是老天想賜給妳意想不到的景色，所以一定要堅持登到山頂。」

「嗯。」雲歌懵懵地答應。

劉弗陵托起雲歌的臉，專注地凝視著她，似要把一生一世都看盡在這次凝眸。

雲歌臉紅，「陵哥哥。」

劉弗陵放開了她，站起身，微笑著說：「該回去了。我片言未留，就扔下一幫大臣跑出來，未央宮的前殿只怕要吵翻了。」

雲歌依依不捨，在這個山頂，只有她和他。回去後，她和他之間又會站滿了人。

劉弗陵雖然面上沒有任何眷念，可下山的路卻走得十分慢，緊握著雲歌的手，每一步都似用心在記憶。

于安看到兩個衣衫襤褸、風塵僕僕的人從山上下來，嚇了一跳。

等劉弗陵和雲歌上了馬車，于安恭敬地問：「皇上，去哪裡？」

沉默。

良久後，劉弗陵微笑著吩咐：「回宮。」

# 第三十四章　君心我心

走出未央宮，站在宮橋上，雲歌停下了腳步。

前方，是離開長安的路；後面，是威嚴的大漢皇宮。

雲歌突然將一直緊握的繡鞋撕裂，上面的珍珠悄無聲息地落到水中。

---

和劉弗陵一起爬山後，雲歌以為一切都會回到從前。

可是，她錯了。

每日下朝後，劉弗陵第一個去的地方依舊是椒房殿。他會和小妹把臂同遊御花園，也會摘下香花贈佳人。

現在的小妹，和雲歌初相識時的她，已是判若兩人，青澀褪去，嬌媚盡顯。

雲歌卻在沉默中一日日憔悴消瘦，在沉默中，等著她的心全部化為灰燼。

偶爾，她會早起，或晚睡，在庭院、宮牆間，等著劉弗陵。

凝視著他的離去和歸來。

她用沉默維護著自己最後的一點尊嚴，可望著他的眼神，卻早已經將心底的一切出賣。劉弗陵如果願意看，不會看不懂。

他看見她時，會微微停一下，但他們之間過往的一切，也只是讓他微微停一下。

他沉默地從她身側經過，遠離。

任由她在風中碎裂、凋零。

宣室殿內掛上了大紅的燈籠，屋內地毯和牆上的掛飾，隨處可見龍鳳雙翔的圖案。

沒有人肯告訴雲歌將要發生什麼。

「富裕，你去打聽一下，宮裡要有什麼喜事了嗎？」

「皇上要和皇后行圓房禮。」富裕打聽回來後的聲音小如蚊蚋。

雲歌只覺得五臟六腑都在疼，沉默地彎下身子，一動不動，唇邊似乎還有一絲笑意，額頭卻漸漸沁出顆顆冷汗。

劉弗陵晚上歸來，洗漱完，剛要上榻，卻看見密垂的紗簾下坐了一個人，雙臂抱著膝蓋，縮成小小的一團。

他凝視著紗簾下若隱若現的綠色身影，僵立在了地上。

「陵哥哥，你還放棄皇位嗎？」細微的聲音中有最後的懇求。

劉弗陵很艱難地開口：「這個位置固然有不為人知的艱辛，卻更有人人都知的其他一切。我不放心把皇位傳給劉賀和劉詢，我想傳給自己的兒子。」

「你要讓小妹成為你『真正』的皇后？」

良久的沉默後，劉弗陵從齒縫裡擠出幾個字，「是！至少現在是。」

「我呢？」雲歌抬頭。

紗簾後的面容，隱約不清，可傷痛、悲怒的視線仍直直刺到了劉弗陵心上。

劉弗陵袖下的手緊握著拳，「我會對妳好，呵寵妳一輩子。目前除了皇后的位置不能給妳，別的，妳要什麼，我都可以給。」

雲歌驀然一把扯下了紗簾，身子不能抑制地輕輕顫抖，「陵哥哥，究竟是我錯了，還是你錯了？早知今日，何必當初？」

「我錯了，妳也錯了。我錯在走了這麼多彎路，到要放棄時，才知道原來自己太天真。妳錯在直到現在，仍不能稍做妥協。世事逼人，這世上哪裡有十全十美？為什麼不肯長大？為什麼不能稍退一步？」

雲歌盯著劉弗陵，眼內全是不敢相信，可在劉弗陵面無表情的坦然下，又一絲一縷的消失。最後，眼中的傷、痛、怒都被她深深地埋了下去，只餘一團了無生氣的漆黑。

她慢慢站起，赤著腳，走過金石地。

綠色裙裾輕飄間，兩隻雪足若隱若現。

劉弗陵胸內翻江倒海的疼痛，驀地閉上了眼睛。

快要出殿門時，雲歌突地想起一事，回轉了身子，冷漠地說：「皇上，昔日諾言已逝，請把珍珠繡鞋還給我。」

劉弗陵身子輕震了下，一瞬後，才伸手入懷，緩緩地掏出了珍珠繡鞋。

劉弗陵欲遞未遞，雲歌一把奪過，飄出了屋子。

劉弗陵的手仍探在半空，一個古怪的「握」姿勢，手裡卻空無一物。

雲歌覺得自己根本不認識自己。

她的父母、兄長都是極為高傲的人，她也一直以為自己會如卓文君一般，「聞君有兩意，故來相決絕」，「朱弦斷，明鏡缺，錦水湯湯，與君長訣」！

可她原來根本沒有自己想的那麼剛烈。

也許因為這個人是她的「陵哥哥」，也許只是因為她的感情已經不能由自己控制，不管她的眼睛看到了多少，不管她的耳朵聽到了多少，她心裡仍是有一點點不肯相信。

因為心底一點渺茫的光，她拋下了驕傲，扔掉了自尊，站在上官小妹面前。

裙拖湘水，鬢挽巫雲，帶繫柳腰。婀娜、風流盡顯。

雲歌第一次發覺小妹雖身材嬌小，身段卻十分玲瓏。

小妹有無法抑制的喜悅，在雲歌面前轉了個圈，「雲姐姐，好看嗎？裙子是新做的，皇上說我不適合穿那些笨重、繁複的宮裝，特意幫我選的這套衣裙。」

雲歌從未見過這樣的小妹，明媚、嬌豔、快樂。

小妹以前像屋簷陰影下的一潭死水，現在卻像枝頭綻放的鮮花。

雲歌自問，還有必要再問嗎？答案已經如此明顯。應該微笑著離去，至少還有一些殘留的自尊。

可是，她的心根本不受她控制。

「小妹，皇上真的喜歡妳嗎？」

小妹臉色驀沉，眼神尖銳地盯著雲歌，但轉瞬間又把不悅隱去，含笑道：「雲姐姐，我知道在皇上心中，我再怎麼樣，也比不過妳。不過，我自小就被教導要與後宮姐妹和睦相處。只要雲姐姐對我好，我也會待雲姐姐好，我不會讓皇上為難。雲姐姐不必擔心將來。」

言下之意，她若敢輕越雷池，小妹也不會客氣。

雲歌不在意地繼續問，「小妹，皇上待妳好嗎？」

小妹雖有些惱，更多的卻是嬌羞和喜悅，一如其他十四五歲情竇初開的少女，手指繞著腰間的羅帶，低著頭，只是笑。

很久後，她才小聲說：「皇上待雲姐姐更好。」小妹不能理解，「雲姐姐，妳在想什麼？難不成妳還怕我搶走了皇上？」

雲歌微笑，「不，他本來就是妳的。是我錯了。」就這樣吧！不是本來就想過讓他和小妹在一起的嗎？可是心……為何如此痛？

「我沒有想過獨寵後宮，皇上是我們的，也是天下萬民的。皇上只是現在還不方便冊封妳，等我們行圓房禮後，皇上肯定會儘快冊封妳，我也會幫著妳的，妳不必擔心霍光阻撓。」小妹滿臉嬌羞，拿起幾件首飾給雲歌看，「雲姐姐，妳幫我看看，今日晚上我該戴什麼首飾。」

「他心中有妳，不管戴什麼，都會很美。」雲歌向小妹福了福身子，轉身離去。

雲歌一人坐在淋池邊，靜靜看著接天荷花。

司天監說今日是大吉日。

今日是劉弗陵和上官小妹的大吉日，卻不是她的。

遠處的喜樂隱隱可聞。

雲歌探手撈了一片荷葉，撕成一縷一縷，緩緩放進嘴裡慢慢嚼著，本該異香滿唇齒的低光荷卻全是苦澀。

相隨？相隨！

當日言，仍在耳。

只是他忘記了說，他要牽著另一個人的手相隨。可她的舟太小，容納不下三個人。

雲歌對著滿池荷葉、荷花，大聲叫問：「你們也聽到了他那天說的話，是不是？是不是？」

荷花無聲，月光冷寂。

算算時辰，吉時應該已到。

雲歌隨手想將未吃完的荷葉扔掉，心中一痛，又縮回了手，將荷葉小心地塞進了荷包。

起身去宣室殿和椒房殿，她要仔細地將一切看清楚。

十年盟約已成灰燼，她要把灰燼中的所有火星都澆熄。

胳膊粗細的龍鳳燭插滿殿堂，七彩孔雀羽繡出的龍鳳共翔圖垂在堂前。

軋金為絲，雕玉為飾，大紅的「喜」字宮燈從宣室殿直掛到椒房殿，地上是火紅的猩猩氈，虛空是大紅的燈籠，到處通紅一片。乍一看，覺得俗氣，看細了，卻覺得唯這極致的俗氣才能真正渲染出鋪天蓋地的喜氣。

贊者高呼：「吉時到。」

鼓瑟齊鳴，歌聲震耳。

「桃之夭夭，灼灼其華。之子於歸，宜其室家。」

劉弗陵腰繫紅帶，身披紅袍，從宣室殿緩步而出，沿著紅毯向椒房殿行去。

突然，他的步子頓住。

只見一襲綠裙在不遠處的鳳閣上隨風輕擺。

萬紅叢中一點綠，刺得人目疼。

她在暗，他在明。

他看不清楚她，而他的一舉一動卻會盡入她眼。

皇上站立不動，贊者著急，卻不敢出聲催促，只能輕輕抬手，讓鼓樂聲奏得更響。

在鼓樂的催促下，劉弗陵面帶微笑，一步步走向椒房殿。

一截紅毯，如走了一生。

但無論多慢，他最終還是走到了椒房殿前。

殿門緩緩打開，上官小妹身著大紅鳳冠霞帔，端坐在鳳榻上。

老嬤嬤將穀草稈、麩皮、瓜子、花生、核桃、栗子大把大把地撒到了小妹腳前，同時高聲唸誦贊詞。

劉弗陵踩著象徵多子多孫的喜果，坐到了小妹身旁。

禮者捧上合巹酒，劉弗陵和上官小妹頭並頭，臂把臂，舉杯共飲。

杯中酒未盡，閣上的綠裙在風中悠忽一個飄揚，消失不見。

劉弗陵手中的杯子一顫，未飲盡的酒灑在了小妹的袖幅上。

上官小妹身子震了下，不動聲色地將自己的酒喝完。

雲歌一步步離開。

身後，椒房宮的朱紅殿門緩緩闔上；身前，只有黑漆漆、看不到一點光的漫長餘生。

紅色、喜慶、鼓樂，都消失，只有安靜的黑暗籠罩著她。

走出未央宮，站在宮橋上，雲歌停下了腳步。

前方，是離開長安的路；後面，是威嚴的大漢皇宮。

雲歌突然用力，將一直緊握在手中的繡鞋撕裂，上面的珍珠悄無聲息地落到水中。

雲歌看著兩手中各一半的繡鞋，平平伸出雙手，傾斜，繡鞋從手心滑落，隨流水而去。

雲歌再未回頭，直直向長安城外行去。

剛出城門未久。

孟玨牽馬而來，「雲歌。」

雲歌冷冷看了他一眼，從他身側走過。

孟玨牽著馬，沉默地走在雲歌身側。

行了許久，雲歌凝視著夜色深處，終於開口問道：「你來做什麼？」

「送妳一程。」

雲歌不再說話。

長亭更短亭，孟玨竟是送了一程又一程。行出長安城老遠，他仍然沒有回去的意思。

雲歌道：「你回去吧！回家的路，不會迷失。」

孟玨未說話，仍然陪著雲歌行路。

雲歌嘆氣，指了指前面直通天際的路，「你要陪我一直走下去嗎？」又指了指身後的長安城，「你捨得那裡嗎？」

孟玨沉默了一瞬，停住了腳步，「見到妳三哥，代我向他問好。」

雲歌詫異，「你認識我三哥？」轉念間，又是一聲冷哼，「『工欲善其事，必先利其器。』你行事前的準備功夫做得真足！只怕你比我還清楚我家的事情，我正在納悶我爹娘為何會離開漢朝，你是不是也知道，說給我聽聽。」

「我的確打聽過，但毫無頭緒。劉徹殘忍嗜殺，衛太子之亂時，長安城死了幾萬人，知道舊事的人已不多。零星知道的幾個人也都成了隱者，無處可尋。」

雲歌冷嘲，「原來孟公子也有辦不到的事情。」

孟玨笑中有苦澀，「雲歌，這個世上，不是所有人都可以如妳一般，平安、富足地長大。我每走一步，若不小心，結果不是走錯路，而是萬劫不復。也不是所有的事情都能用『對』與『錯』判斷，更多的人是在對錯之間行走，譬如我對霍成君，劉弗陵對上官小妹，我們只能在現實面前選擇。」

雲歌猛地敲了下自己的頭，「我們長安城相識，長安城別離。今後你是你，我是我，我還和你糾纏這些事情做什麼？」

孟玨微笑地凝視著雲歌，「雲歌，長安城內，我一切的刻意都不是為了『認識』，而是為了『重逢』。糾纏，在很多年前就已經開始；結束？」孟玨的聲音溫柔，卻堅決，「永不。」

雲歌愕然，「重逢？」

孟玨將手中的韁繩交給雲歌，「回家好好休息，我給妳一段時間養好傷口。等我忙完這一段，好好蓋一座大府邸，我會去接妳。」

「孟玨，你把話說清楚，你是不是又玩什麼陰謀？」

孟玨淡淡說：「才發現夢中的完美君子原來也是如我們一般的凡夫俗子，妳現在不會有心情聽一個很長的故事。等將來，我會一點一滴都告訴妳，妳不聽都不行。」

刻意忽略的疼痛，剎那席捲全身，雲歌屏住呼吸，方可站穩身子。她疲憊地說：「他和你不一樣。孟珏，我不會再見你。」牽過了馬，「謝謝你的馬。」

孟珏淡嘲：「只是妳以為他和我不同，他並沒有和我不同。」

雲歌的力氣已經全部用來鎮壓心中的傷痛，再無力說話，緊拽著馬鞍，翻身上馬，人如箭一般飛出。

孟珏凝視著馬上的綠衣人兒。

她竟一次都未回頭！

他腦中閃過，很多年前，一個綠衣小人，一邊忙著追趕哥哥，一邊還不忘頻頻回頭看他，殷勤叮嚀。

當馬兒衝出的剎那，雲歌憋著的淚水，洶湧而下。

原來大漠中的相遇，竟只是為了這一刻的訣離。

她為什麼沒有聽從父母的話？為什麼要來長安？

如果不來長安，一切都會永遠停留在星空下的相遇，陵哥哥會永遠活在她心中。

她嘴裡對孟珏固執地說「他和你不一樣」，可是心中明白，劉弗陵和孟珏並沒有不同，她只是還沒有勇氣把自己的傷口攤出來看。

每一條道路，每一片樹林，都是熟悉。

長安城和驪山之間的道路，劉弗陵帶她走過多次。

她眺望著驪山，驪山上的一幕幕又浮現在眼前，越想控制著不去想，反倒越想得多。

雲歌驀然勒馬。

胸膛劇烈地起伏，思緒急促地回轉。

她猛地調轉馬頭，疾馳回長安城。

不！陵哥哥和孟玨不一樣！

心中的迷障散去，很多疑點都浮現在她面前。

當日驪山中，她想偷偷溜走，卻不料陵哥哥早等在外面相候。可這一次，從始至終，陵哥哥都沒有挽留過她。

霍成君獻舞，陵哥哥特意命人回宣室殿拿簫，之後又和她商量如何應付霍光。可這一次，陵哥哥竟是隻字未和她商量。

除非陵哥哥已經對她無情，可是不可能，這點連陵哥哥也不敢否認。

最最重要的是，陵哥哥和孟玨、劉病已、劉賀絕不一樣。

雲歌恨得想搧自己一耳光，她怎麼會相信陵哥哥說的話呢？

孟玨聽到身後「得得」的馬蹄聲，以為是路人，讓到了路旁。

雲歌從他身邊飛馳而過，他驚詫地叫：「雲歌？」

雲歌馬速未減，只回頭叫道：「他和你們不一樣，我是天下最蠢的笨蛋！」

疾馳到了宮門口，她想著如何才能進去。

這個鬼地方，真是出難，進更難！

兩個宦官不知道從哪裡冒了出來，驚訝地說：「姑娘不是已經走了嗎？」

雲歌說：「我又回來了。你們是失望，還是高興？趕緊想法子帶我進去，否則我非扒了于安的皮不可。」

兩個宦官忙帶雲歌進宮，小聲和她說：「好姑娘，奴才們都已經和于總管稟報，說您已經離開長安了，現在您又冷不防地回來，于總管若責罵我們……」

「我會和于安說清楚的，他要先考慮考慮自己的安危，不會有工夫收拾你們。」

大紅燈籠依舊高高掛著，喜氣仍洋溢在空氣中。

可殿內卻是漆黑一片。

于安看到雲歌，眼睛立即直了，面上表情古怪，也不知道是喜是愁。

雲歌狠狠瞪了他一眼，小聲問：「于大總管怎麼沒在椒房殿侍候？」

于安嘴巴還十分硬：「皇上臨幸后妃，並不需要留宿。」

雲歌冷哼：「我回頭再找你算賬！」

說著就要往寢宮走，卻被于安拉住。

雲歌瞪著于安，眼內有火，還要攔我？不要以為我沒有辦法修理你！

「皇上不在寢宮。」于安指了指雲歌住的廂殿。

雲歌眼內驟然潮濕。

黑暗中，一人安靜地躺在雲歌的榻上，枕著雲歌的枕頭，手裡還握著雲歌平日用的團扇。

顯然沒有睡著，雲歌推門的聲音很輕微，卻已經驚動了他。

「出去！」嗓音暗啞、疲憊。

腳步聲依舊向榻邊行來，劉弗陵皺眉看向來人，手裡的團扇掉到了地上。

雲歌跪坐到榻側，撿起團扇，朝他搧了搧，「不在椒房殿內抱美人，在這裡拿著把扇子玩？」

「妳……妳不該回來。」

「這一次，你就是拿劍刺我，把我的心掏出來，剁成碎塊，我也不會離開，你不用再想任何花招了。」

劉弗陵無法出聲，半晌後，微微顫抖的手去碰雲歌的臉頰。

雲歌側頭，重重咬在他的手上，眼裡的淚滴在他手背上。

劉弗陵一動不動，任由雲歌發洩著不滿。

雲歌覺得嘴裡一絲腥甜，忙鬆口，劉弗陵掌上已是一排細密的齒印。雲歌卻又心疼，忙用手去揉，「你不知道叫疼嗎？」

劉弗陵卻反問雲歌：「妳還疼嗎？」

雲歌搖搖頭，又點點頭，如小貓一般蜷靠到了劉弗陵胳膊間，「這段日子，看著我日日難受，你有沒有心疼過我？」

劉弗陵手指纏繞著雲歌的髮絲，「早將君心換我心。」

雲歌忍不住又輕捶了他幾下，「你也疼，卻還是這麼心狠？」

劉弗陵輕吁了口氣。

「陵哥哥，你究竟有什麼事情瞞著我？非要逼我走呢？反正我現在已經吃了秤砣，鐵定心思不走了，你瞞也瞞不住，告訴我吧！」

劉弗陵的手正無意地揉弄著雲歌的頭髮，聽到這話，猛地一顫，就想放手離開，不想雲歌的髮絲糾纏在他指間，未能離開，反倒把雲歌拽疼。

雲歌氣抓住他的手，用自己的髮把他的五個指頭纏繞了個密密實實，「放手呀！離開呀！咱們拚個頭破血流，看看誰固執？」

劉弗陵看著「烏黑」的手掌。這樣的糾纏曾是他心心念念的，原本絲絲都該是喜悅，可是現在每根髮絲都成了入骨的疼痛。

雲歌枕在他的「烏掌」上，軟語哀求，「陵哥哥，你告訴我，天下沒有解決不了的事情，你那麼聰明，我也不笨，我們總會有辦法解決。陵哥哥，陵哥哥……」

一疊又一疊的聲音，雖然很輕，卻很固執，如果他不說實話，只怕雲歌真會一直叫下去。

劉弗陵閉上了眼睛，很久後，淡淡說：「我生病了。」

雲歌呆了呆，才明白了劉弗陵話裡的意思，只覺一口氣憋在心中，怎麼都吐不出來，眼前昏亂，似乎整個天地都在旋轉。

不必問病情嚴重嗎？也不必問太醫如何說？之前的一切都已經告訴她答案。

天下沒有解決不了的事情？

雲歌彷彿看到洪水從四面八方湧來，可卻無一絲反抗的力氣，只能眼睜睜地等著被浸沒。

她輕輕地往劉弗陵身邊靠了靠，又靠了靠，直到緊緊貼著他。

她伸手緊緊抱住他，耳朵貼在他的胸口，聽著他的心跳聲。

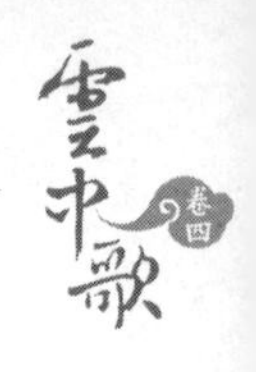

劉弗陵身體僵硬，沒有任何反應。

雲歌的身子輕輕顫著。

劉弗陵終於也伸手抱住了雲歌，越來越緊，用盡全身力氣，好似只要彼此用力，就能天長地久，直到白頭。

雲歌的眼淚隨著劉弗陵的心跳，無聲而落。

窗外一彎如鉤冷月，無聲地映照著黑漆漆的宣室殿。玉石臺階上，白茫茫一片，如下寒霜。

陽武侯府。

孟玨負手站在窗前，凝望著窗外的一彎如鉤殘月。

殘月照在屋簷的琉璃瓦上，泛出如玉霜一般的冷光。

孟玨從外面進來後，就一直立在窗前，一句話不說，面色出奇地平靜，無喜無怒。

劉詢和劉賀知道他心中有事，卻根本沒有精力關心他在想什麼。

從年初開始，皇上用他們兩個就用得分外狠，不管大事、小事，一律要問他們如何想，甚至直接一句「此事交給愛卿辦」。

皇上最近又有很多大舉動，任免官員，調遣將軍，都是一些重要或者微妙的職位，每一次都是要和霍光鬥智鬥勇。

他們兩個雖然絕頂聰明，也一直關注朝事，可看是一回事情，做是另一回事情。真做起來，才發覺很多事情的艱難。很多時候即使有十分好的想法，執行時，卻充滿了無力感，因為想法是一個人的事情，而執行卻絕非一己之力，要依靠各級、各個職位官員的配合。

幸虧有孟珏幫忙。三個人，劉病已和孟珏在明，劉賀在暗，彼此提點，總算有驚無險地應付過了大小危機。

孟珏站了很久，卻一直沒有心緒聽劉詢和劉賀在說什麼，索性告辭：「如果無事，我先行一步。」

劉賀忙說：「我和你一起走。」

劉詢笑對劉賀說：「侄兒就不送王叔了。」

劉賀拽著孟珏上了馬車，孟珏問：「你去哪裡？落玉坊，還是天香坊？你我並不順路。」

劉賀又是嘆氣，又是搖頭，「老三，皇上今天早上交給我一個任務。」

「能讓你嘆氣的任務看來不容易。」

「皇上說，丞相田千秋對霍光俯首貼耳，他對這個丞相不滿，要我想辦法。」

孟珏淡笑：「丞相之職，統領文官，雖然自先帝開始，大司馬一職漸壓丞相，但丞相在朝廷政令的發布執行上，依然重要無比。田千秋兩朝元老，不好應付，霍光更不好應付，你慢慢發愁吧！」

「田千秋若好應付，皇上早應付了。我看皇上是不把我用到肢殘人亡，不肯甘休。」劉賀嘆息，「皇上還不許我和任何人商量此事，否則我們三個人商量一下，也許能有法子。」

「你告訴劉詢了嗎？」

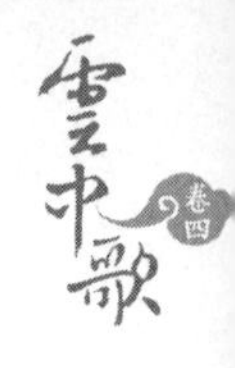

「皇上不許，當然不敢。」劉賀回答得忠心耿耿，似乎忘記了皇上也不許他告訴孟珏。

孟珏含笑說：「劉詢今天好像也有心事。」

劉賀看著孟珏的笑，覺得胳膊上有涼意，「皇上想做什麼？你覺得皇上會讓劉詢做什麼？」

孟珏黯然，「連你這姓劉的人都猜不到，我怎麼能知道？我只是覺得從年初開始，皇上的每一個行動都是在落子布局，可我卻看不出來他的局是什麼。」

劉賀一邊琢磨，一邊搖頭，「不只你看不明白，霍光肯定也在發懵。所以他現在只用守勢，謹慎地觀望著皇上的舉動。不光朝堂上，後宮也是撲朔迷離，皇上一直不肯和皇后圓房，後來還有了雲歌，現在卻又突然和皇后燕好。啊！對了，忘記問你，你打算什麼時候再回西域求親？我要一塊去玩……」

孟珏淡淡說：「雲歌仍在宮內。」

「什麼？」大公子呆了一會兒，喃喃說：「我是真看不懂了。你和霍成君才眉來眼去、摟摟抱抱了幾下，雲歌已決絕而去，劉弗陵和上官小妹都共效于飛了，雲歌還留在宮裡？」

孟珏望著馬車外，「我和雲歌，不完全是因為霍成君。你解決好你的事，我的事情我自己會處理。」

劉賀精神又萎靡了下來，「田千秋的事情，你有什麼最快、最穩妥的法子？」

孟珏雲淡風輕地說：「死人自然不會再當丞相。」

劉賀不是不瞭解孟珏的行事手段，可聽到他的話，還是面色一變，「丞相，乃百官之首。就是冷酷如先帝，也不能輕易殺丞相，都要經過三司會審。」

馬車已到孟玨府邸。

孟玨掀簾下車，「我只是一個提議，如何做在你。」

車夫又趕著馬車去落玉坊。

劉賀躺在馬車內，闔目凝思。

劉弗陵叮囑的話一句句從他腦海裡重播過：

「此事十分重要，你務必盡全力辦好。事成後，你要什麼，朕都准你。」

「不必來請示朕，也不必回奏朕，一切便宜行事，朕只想在最短的時間看到結果。」

「朕只要結果，不管過程。」

權力的滋味，嘗過的人都不可能再忘記。

這段日子雖然勞心勞神，可更多的是興奮、激動，還有才華得展的淋漓暢快。

他的生活不再只是遊玩打獵，他的對手也不再是山野畜生，而是大漢朝最聰明的人。作為強者，他享受著刀光劍影帶給他的興奮。

面對四夷的覬覦，他雖然不能親自帶兵去沙場奮戰，可他能用計策化解危機，保護大漢疆土。

他的手指彈揮間，握著他人命運，甚至別國的命運。他的決定，影響著黎民蒼生，天下興亡。

法典明晰，官吏清明，邊陲安定，百姓安穩，都可以經過自己的手一點點實現。

這才是權力的魅力！

也許有人喜歡權力，是因為富貴尊榮，可對他而言，權力與富貴尊榮無關，它只是一個男人實現壯志和夢想的工具！追求權力只是追求暢快淋漓人生的手段！

劉賀睜開了眼睛，揚聲叫馬車外的貼身隨從進來，吩咐道：「你去把田千秋的所有親眷都查一遍，查清楚他們最近都在做什麼，尤其他的幾個兒子，連他們每日吃了什麼，我都要知道。」

隨從應了聲「是」，躍下馬車，匆匆而去。

雲歌和劉弗陵兩人默默相擁，都未真正入睡。

雲歌以前聽聞「一夜白髮」，只覺文人誇張。

如今才真正懂得，原來，人真的可以一夜蒼老。

聽到外面敲更聲，劉弗陵說：「我要起來了，妳再睡一會兒。」

雲歌坐起，輕聲說：「讓我服侍你穿衣洗漱。」

劉弗陵沉默了一下，微微頷首。

雲歌匆匆挽好頭髮，拿過于安手中的皇袍，幫劉弗陵穿衣。

因為皇袍的設計不同於一般衣袍，有的地方雲歌不會繫，劉弗陵只能自己動手，耽擱了好一會兒，雲歌才算幫劉弗陵穿戴整齊。

雲歌站到幾步開外，打量了半晌，滿意地點點頭，「于安，你覺得呢？」

于安笑道：「姑娘穿得很好，皇上看上去更英武了。」

劉弗陵笑斥：「趕緊去準備洗漱用具。」

劉弗陵平日洗漱都是自己動手，並不用宦官、宮女伺候。今日是第一次被人伺候，伺候的人卻是個不會伺候人的人。

最後臉終於洗完了，口也漱了，剛穿好的袍子卻也濕了，而且位置還有點尷尬。

雲歌看著劉弗陵身上的「地圖」，不但不覺得抱歉，反而哈哈大笑：「你就這樣去上朝吧！一定讓大家浮想聯翩。」

于安趕緊又拿了一套龍袍出來給劉弗陵替換。雲歌還在一邊搗亂，「不許換，那是我給你穿的。」

劉弗陵不理會她，匆匆脫衣。

看反對無效，雲歌又嚷嚷：「我來幫你穿。」拽著衣服，一定要幫劉弗陵。

劉弗陵握住雲歌亂動的手，無奈地說：「雲大小姐，妳先休息會兒，我自己來。滿朝大臣等著呢！等我上朝回來，脫了再讓妳穿一次，行不行？」

雲歌搖頭，癟著嘴，半玩笑半認真地說：「不行。你心裡只有大漢社稷嗎？我呢？」

「我……雲歌，妳知道不是。有些事情是我的責任，我必須做。」

雲歌湊到劉弗陵眼前，指指自己的臉頰。

劉弗陵未動。

「那我只能『認真』幫你穿衣了。」雲歌去拽龍袍。

劉弗陵迅速在雲歌臉頰上印了一吻。

于安和抹茶都垂目專心盯著自己的腳面。

雲歌雖面有紅霞，卻是笑咪咪地盯著劉弗陵看。

她忽地問：「陵哥哥，你的臉為什麼紅了？」

于安和抹茶差點一個踉蹌，摔到地上。

抹茶偷偷地拿眼瞟皇上，想知道一向淡漠冷靜的皇上也會不好意思嗎？

劉弗陵理好衣服後，在雲歌頭上重敲了一記，一言不發地向外行去。

雲歌摸著發疼的腦袋，叫：「有人惱羞成怒。」

跟在劉弗陵身後的于安，看著皇上明顯比前段日子輕快的步伐，露了這段日子以來的第一個笑，緊接著卻又是無聲地長吁了口氣。

看著劉弗陵的身影消失在殿外，雲歌臉上的笑意也全部消失。

她對抹茶吩咐：「去把七喜叫來。」

七喜進來行禮、問安，雲歌抱歉地朝抹茶笑笑，抹茶立即退了出去，守在門口。

雲歌問七喜：「我沒有機會私下問于安話，你知道多少？能說多少？」

七喜回道：「奴才不清楚究竟，不過奴才已經傳了張太醫，他一會兒就到。師父說他吩咐妥當前殿的事情後，也會趕回來。」

不一會兒，于安返來。又稍等了片刻，張太醫到。

雲歌請張太醫坐：「太醫，我有些問題要請教。」

張太醫知道雲歌的脾性，未和她客氣，落了座，「姑娘不必客氣，請問。」

「皇上的病究竟如何？請太醫照實說，不用避諱。」

張太醫面色沉重中夾雜著慚愧，「到現在為止，究竟是什麼病，臣都不知道。」

「張太醫能講一下具體因由嗎？」雲歌平靜下是濃重的哀傷。其實早已經料到，如果不是病情嚴重，陵哥哥怎麼會逼她走，可親耳聽到還是痛徹肺腑。

「表面上看來，皇上的內症是心神鬱逆，以致情志內傷，肝失疏泄，脾失健運，臟腑陰陽氣血失調，導致心竅閉阻；外症則表現為胸部滿悶，脅肋脹痛，嚴重時會髓海不足，腦轉耳鳴，心疼難忍，四肢痙攣。」

雲歌因為孟玨的病，曾翻閱過一些醫典，略懂幾分醫家用語，所以基本聽明白了張太醫的話。想到陵哥哥八歲登基，先皇怕鉤弋夫人當了太后弄權，將皇位傳給陵哥哥的同時，賜死了鉤弋夫人。金鑾殿上的龍椅是用母親的鮮血所換。先帝扔下的漢朝，國庫空虛，民亂頻生，四夷覬覦，陵哥哥還要日日活在權臣的脅迫下。從八歲到現在，他過的是什麼日子？

雲歌抑住心酸，「心神鬱逆，心竅閉阻，雖然嚴重，但並非不可治。皇上正值壯年，只要以後心情舒暢，氣血通暢，輔以藥石針灸，總能緩緩調理過來。」

張太醫有幾分意外，「姑娘的話說得不錯。皇上的體質本是極好，又正是盛年，即使生病，只要好生調理，應能恢復。可讓我困惑的就是此處。根據皇上的症狀，我原本判斷是胸痹，採用家父所傳的針法為皇上風取三陽、啟閉開竅，疏經活絡，可是……」張太醫困惑地搖頭，「皇上的症狀未有任何好轉，反倒疼痛加劇。此等怪象，我行醫數十載，聞所未聞，見所未見，遍翻典籍也無所得。」

雲歌問：「皇上的疼痛會越來越重嗎？」

張太醫遲疑著說：「根據現在的跡象，疼痛正在日漸加重，等所有疼痛匯聚到心脈，犯病時，心痛難忍，再嚴重時，還會出現昏迷症狀，而一旦昏迷，則有可能……有可能……醒不過來。」

雲歌眼中淚意模糊，呆呆地望著張太醫。

于安對張太醫道：「奴才命富裕送太醫出宮，若有人問起太醫來宣室殿的因由，就說是給雲歌姑娘看舊疾。皇上的病，還望太醫多費心思。」

張太醫說：「總管放心，在下知道事關重大，絕不敢走漏半點風聲。只是，若能多找一些太醫，一同會診皇上的病，也許能早日得出結論，也好對症下藥。」

于安頷首，「奴才明白，此事還要皇上定奪。」

張太醫知道朝堂上的事情絕非他能明白，語只能到此，遂向于安告退。

于安看雲歌神情悽楚，心中不禁暗嘆了一聲，「雲姑娘，奴才還要回前殿伺候，妳還有什麼吩咐嗎？」

雲歌想了想說：「如果不方便召集宮中的太醫，能否先設法去民間尋訪一些醫術高超的大夫？」

于安立即說：「奴才已經命人去打聽了。」

雲歌沉默地點點頭。

于安行禮告退，「奴才趕去前殿了。散朝後，還要伺候皇上。」

往常散朝後，劉弗陵都是去清涼殿批閱奏摺，處理公事，今日卻是一散朝就返回宣室殿，「于安，去把清涼殿的奏章和公文都搬到宣室殿，從今日起，除了上朝和接見大臣，別的公事都在宣室殿處理。」

于安應聲：「是。」

雲歌看到劉弗陵，有意外的驚喜，「今日怎麼這麼早回來？」看到一隊宦官又搬又抬地往宣室殿運送竹簡、卷軸，雲歌明白過來，心裡滿是酸澀。

劉弗陵微笑著說：「以後都會這麼早回來。」

安置妥當一切，于安和其他宦官悄悄退出。

劉弗陵牽著雲歌，並肩坐到案前，遞給她一卷書，「妳乖乖看書。」自己打開奏摺，「我認真做事。」

雲歌看了眼手中的書，講述匈奴人的飲食習慣和食物烹製方法。

劉弗陵知她立志要效仿司馬遷，寫一本關於食物的書籍，所以命人為她在天下各地收集、整理食物的製作方法，按地域分類，整理成冊。

雖源自私心，但此舉竟無意中促進了漢朝和四夷的民間往來。漢人很多方便的食物做法，漸漸傳到四夷，令四夷對漢朝景仰中生了親切，民間的普通百姓也更願意接受中原文化。

雲歌翻著書冊，實際一個字未讀進去，可是她喜歡這樣的感覺，兩個人在一起的感覺。

偷偷瞟一眼劉弗陵，他正專心寫字，雲歌將視線移回自己的書冊上，不一會兒，眼睛卻不受控制地瞟向了側面。

劉弗陵寫字的速度越來越慢，最後停下，他握著筆嘆氣，「雲歌，妳在看什麼？」

「看你。」雲歌很理直氣壯。

劉弗陵頭未抬地伸手，將雲歌的頭推正，「好好看書。」

一會兒後，雲歌的頭不知不覺又偏了。

他伸手推正。

一會兒後，雲歌的頭又偏了。

他無奈放下了筆，看著雲歌：「雲歌，妳再搗亂，我會趕妳出去。」

雲歌不滿，「我哪裡有搗亂？我很安靜地坐著，一句話都沒有說過，也不亂動，是你老推我的頭，是你搗亂。」

目光也是一種搗亂，會亂了人心。

劉弗陵拿了本摺子給雲歌：「幫我讀摺子。」

雲歌提醒，「你手頭的那份還沒有批完。」

「一心可以二用，讀吧！」

雲歌一字字、慢慢地讀著奏摺：「《詩》云：『煢煢在疚』言成王喪畢思慕，意氣未能平也。蓋所以就文、武之業，崇大化之本也。臣又聞之師曰：『妃匹之際，生民之始，萬福之原。婚姻之禮正，然後品物遂而天命全。』」

「雲歌，可以快一點，我能聽明白。」劉弗陵一面書寫，一面道。

雲歌按照平日誦書的速度朗讀：「孔子論《詩》，以《關雎》為始，此綱紀之首，王教之端也。自上世已來，三代興廢，未有不由此者也。願陛下詳覽得失盛衰之效，以定大基，采有德，戒聲色，近嚴敬，遠技能。臣聞《六經》者，聖人所以統天地之心，著善惡之歸，明吉凶之分，通人道之正，使不悖于其本性者也。及《論語》、《孝經》，聖人言行之要，宜究其意。臣又聞聖王之自為，動靜周旋，奉天承親，臨朝享臣，物有節文，以章人倫。蓋欽翼祇栗，事天之容也；溫恭敬遜，承親之禮也；正躬嚴恪，臨眾之儀也；嘉惠和說，饗下之顏也。舉錯動作，物遵其儀，故形為仁義，動為法則。今正月初，幸路寢，臨朝賀，置酒以饗萬方。《傳》曰：『君子慎始。』願陛下留神動靜之節，使群下得望盛德休光，以立基楨，天下幸甚！」

落款是「京兆尹雋不疑」。

雖說不甚介意，可雲歌心中還是幾分悵然，她在這些大臣的眼中，竟是禍亂聖君、有色無德的「妖妃」。

劉弗陵將手頭的摺子批完，拿過雲歌手中的摺子，掃了眼人名，大筆一揮，筆下凝怒，潦草地塗抹了三個字：「朕敬納！」將摺子扔到一邊。

看雲歌盯著摺子發呆，劉弗陵說：「雋不疑不是在說妳。」

雲歌微笑：「妖妃就妖妃吧！天下間只有美女才能做『妖妃』，也只有把君王迷得神魂顛倒的女子才配稱『妖妃』。我若兩樣都占，有何不好？」

劉弗陵道：「雋不疑為了不開罪霍光，這份奏摺明裡勸我不該沉溺於身邊女色，其實暗中勸誡我應該為了江山社稷，疏遠有霍氏血脈的皇后。」

雲歌這才真正釋然，笑道：「你們這些皇帝、大臣，說話都如猜謎，真夠勞神的！」

劉弗陵又拿了兩份摺子，一份給雲歌，一份自己看。

他一心二用，只花了往日一半的工夫，奏摺就全部批完。

天色已黑，劉弗陵看著外面，緩緩說：「雲歌，我想和妳商量一件事情。」

雲歌抿了抿唇，「你去吧！」

劉弗陵眼中有歉然，握住了雲歌的手：「我會儘量早些回來。」

雲歌靠到了他懷裡，「沒有關係。既然是做戲，總要做得別人相信，不然白費了工夫。常常臨幸，卻次次不留宿，說不過去。」這個關頭，陵哥哥的精力絕不該再為應付霍光而費神。

劉弗陵靜靜抱著雲歌，很久後方放開了她，起身吩咐于安準備車輿去椒房殿。富裕和抹茶聽到，都偷眼瞅雲歌，只見雲歌低垂著頭，看不清神情。

# 第三十五章　合歡花淚

孟玨停步，靜靜看著雲歌。
她的肩頭，朵朵紫藤落花。
一個暗沉微弱的聲音，像是從死水底下飄出，有著令人窒息的絕望……

于安陪皇上喬裝出宮看過民間大夫，也仔細篩選了幾位能信賴的太醫給皇上看病，可所有人診察後，都非常肯定是胸痺，但對藥石針灸未起作用的解釋則各有不同：有人判斷是有其他未被診斷出的病症，消減了針灸的作用；有人判斷是典籍中還未論述過的胸痺，前人的治療方法自然就不起作用。

張太醫本來還暗中懷疑過其他可能，可是所有能導致胸痺症狀的毒藥都必須透過飲食，進入五臟，毒損心竅，一旦毒發，立即斃命，可皇上的胸痺卻是慢症。他又已經仔細檢查過皇上的飲食，沒有發現任何疑點。

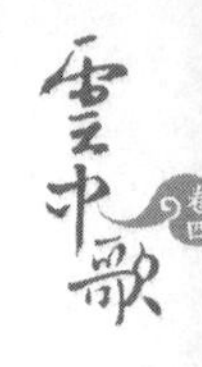

而且最重要的一點是，皇上的所有飲食，都會有宦官先試毒，沒有任何宦官有中毒跡象。所以張太醫只能將自己的懷疑排除。

民間大夫不知道劉弗陵的身分，沒有顧忌，說出來的話讓雲歌越發的心寒，最後只能又把全部希望放到了張太醫身上。

劉弗陵十分配合張太醫的治療，表面上看來平靜如常，雲歌也是與以往一般。兩個人都將擔憂深深藏了起來，似乎一切都真的正常。可是眼看著劉弗陵的心痛日漸加劇，以他的自制力都會控制不住，有時病發時，疼得整個身子都發抖。身體上的變化時刻提醒著雲歌和劉弗陵：不，一切都不正常。

一個晚上，兩人並肩同坐，在神明臺上看星星時，雲歌低聲說：「陵哥哥，我想請一個人給你看一下病，可不可以？」

「當然可以。」他已經看過了漢朝最好的大夫，而且不是一個，是很多。所以並沒抱什麼希望，可是只要能讓雲歌稍許安心，沒有什麼是不值得的。

「孟玨曾說過他的義父醫術高超，扁鵲再世都不為過。孟玨絕不輕易讚人，張太醫的醫術在他眼中只怕也就是一個『還成』。」雲歌的聲音有緊張，「所以我想去問問他，看可不可以請他的義父給你看病。太醫也許都是好大夫，卻絕不會是天下最好的。當年的民間醫者扁鵲，替蔡桓公看病，就診斷出太醫看不出的病症。天下最好的大夫一定在民間，真正的醫者不會只為皇家看病，他們絕不會甘心用醫術來換取榮華富貴。」

劉弗陵心內一震，的確如雲歌所言。

醫術，不同於天下任何一種技藝。醫者，更要有一顆悲天憫人的心。

唯有淡看人世榮華，心惜人生百苦，才能真正成為宗師名醫。太醫院的大夫，即使如張太醫，也不可能做到，所以流傳青史的名醫沒有一位是太醫，都是來自民間。

但是孟珏……

雲歌看劉弗陵沉思，她道：「我知道你生病的消息不能讓任何人知道，孟珏他這個人……」雲歌皺眉，「陵哥哥，我也不相信他，所以我一直沒有考慮過他，不想讓你為難。可陵哥哥，現在我求求你，就算是為了我。我從沒有抱怨過你為了漢朝社稷安穩所做的任何事情，但這次，你可不可以只考慮一次我和你，不要再考慮天下？」

雲歌眼中淚光隱隱，劉弗陵心內驟痛，疾病立犯，手一下按在了胸肋上，額上冷汗涔涔。

雲歌大驚，立即去扶他，「陵哥哥，陵哥哥，我錯了，我不逼你，你想怎麼樣都可以……」心內悲苦，卻不敢哭泣，怕再刺激到劉弗陵，只能把所有情緒都壓到心底，可兩個眼圈已是通紅。

劉弗陵扶著雲歌的手，才能勉強站穩，好一會兒後，心腹間的疼痛才緩和，他道：「雲歌，我答應妳。」

雲歌喜得一下抱住了劉弗陵，「謝謝你，謝謝你，陵哥哥！」

劉弗陵見她如此，只覺酸楚，想了想後說：「皇帝已經坐擁整個太醫院，享人所不能享，孟珏的義父是世間隱者，不見得願意給皇帝看病，請他轉告他的義父，我的診金會是三年內天下賦稅降低一成。以他義父的心胸，這個診金，他應該會接受。」

雲歌點頭，「陵哥哥，你放心，我會想辦法讓孟珏答應保守祕密的，盡力不給你添麻煩。」

劉弗陵的微笑之下有股淡然，「雲歌，不必為難他，更不要為難自己。有些事情只能盡人事，聽天命。」

孟玨剛下馬車，守門的家丁就稟道：「大人，有位姑娘來拜訪。」

孟玨淡淡點了下頭，不甚在意。

家丁又說：「小人聽到弄影姐姐叫她雲小姐。」

弄影是三月的名字，孟玨立即問：「人在哪裡？」

「在書房。」

孟玨顧不上換下朝服，直奔書房而去。書房內卻沒有人，只三月在院內曬書。他問：「雲歌來過嗎？」

三月一邊抖著手中的竹簡，一邊說：「來過。」

「人呢？」

「走了。」

孟玨將失望隱去，淡淡問：「妳怎麼沒有留下她？她可有說什麼？」

三月笑嘻嘻地瞅著孟玨，「公子著急了？」看到孟玨的視線，她不敢再開玩笑，忙道：「公子遲遲未回，我怕雲歌覺得無聊就不等公子了，所以和她說可以去花圃玩，她應該在花圃附近。」

綠蔭蔽日，草青木華。一條小溪從花木間穿繞而過，雖是盛夏，可花圃四周十分清涼。

孟珏沿著小徑，邊走邊找，尋到花房，看到門半掩，推門而進。繞過幾株金橘，行過幾桿南竹，看到雲歌側臥在夜交藤上，頭枕著半樹合歡，沉沉而睡。

合歡花安五臟心志，令人歡樂無憂，夜交藤養心安神，治虛煩不眠。

因為夜裡常常有噩夢，所以他特意將兩者種植到一起，曲藤做床，彎樹為枕，藉兩者功效安定心神。

孟珏輕輕坐到合歡樹旁，靜靜地凝視著她。

合歡花清香撲鼻。夜交藤幽香陣陣，可身臥夜交藤、頭枕合歡花的人卻並不安穩快樂，即使睡著，眉頭仍是蹙著。

不過半月未見，她越發瘦得厲害，下巴尖尖，鎖骨凸顯，垂在藤蔓間的胳膊不堪一握。

孟珏握住她的手腕，在掌間比了下，比當年整整瘦了一圈。

劉弗陵，你就是如此照顧心上人的嗎？

兩個時辰後，花房內日影西照時，雲歌突然驚醒，「陵哥哥。」反手就緊緊抓住了孟珏，似乎唯恐他會消失不見。待看清楚是誰，她趕忙鬆手，孟珏卻不肯放。

雲歌一邊抽手，一邊解釋：「對不起，我看到這株藤蔓盤繞得像張小榻，就坐了一下，不知道怎麼回事就睡著了。」

「妳近日根本沒有好好睡過覺，睏了自然會睡過去。」

雲歌十分尷尬，來找人的，竟然在人家家裡呼呼大睡，而且這一覺睡的時間還真不短，「你回來多久了？」

孟玨淡淡說：「剛到妳就醒了。找我有事嗎？」

雲歌眼內有悽楚，「孟玨，放開我，好嗎？」

孟玨凝視著她，沒有鬆手，「告訴我什麼事情。」

雲歌沒有精力和孟玨比較誰更固執，只能由他去。

她頭側枕著合歡，儘量平靜地說：「皇上病了，很怪的病，太醫院醫術最好的張太醫都束手無策，我想請你義父來給皇上看病。」

「義父不可能來。」

雲歌眼中全是哀求，「皇上願減免天下賦稅三年，作為診金，而且皇上不是暴君，他是個好皇帝，我相信你義父會願意給皇上看病。」

孟玨不為所動，「我說了，義父不可能來給皇上看病，十年賦稅都不可能。」

「你……」雲歌氣得臉色發白，「我回家找我爹爹，他是不是認識你義父？」

孟玨冷嘲：「妳爹爹？妳真以為妳爹爹什麼事情都可以辦到？他和妳娘已經尋了義父十幾年，卻一無所得。」

雲歌怔怔，胸中的怒氣都化成了無奈、絕望。眼睛慢慢潮濕，眼淚一顆又一顆沿著臉頰滾落，打得合歡花的花瓣一起一伏。

孟玨卻只是淡淡地看著。

她從藤床上坐起，平淡、冷漠地說：「我要回去了，放開我。」

孟玨問：「皇上的病有多嚴重？」

雲歌冷冷地看著他，「不會如你心願，你不用那麼著急的心熱。」

孟玨笑放開了雲歌的手，做了個請的姿勢，示意送客。

雲歌走到花房門口，剛要拉門，聽到身後的人說：「我是義父唯一的徒弟。說所學三四，有些過謙，說所學十成十，肯定吹噓，不過，七八分還是有的，某些方面，只怕比義父更好。」

雲歌的手頓在了門閂上，「哪些方面？」

「比如用毒、解毒，義父對這些事情無甚興趣，他更關心如何治病救人，而我在這方面卻下了大功夫研習。」

雲歌淡然地陳述：「你的醫術不過只是你義父的七八分。」

「若把太醫院其他太醫的醫術比作淋池水，張太醫大概像渭河水，也許民間還有其他大夫如黃河水，我義父卻是汪洋大海的水，就是只七八分又怎麼樣？」

雲歌的心怦怦直跳，猛地回轉了身子。

孟玨唇邊含笑，好整以暇，似乎雲歌的一切反應都早在他預料中。

雲歌走到孟玨身前，跪坐下，很懇切地問：「你想怎麼樣？」

孟玨微笑地看著雲歌，雙眸內的漆黑將一切情緒掩蓋。

「我要先瞭解一下情況，再決定。」

「你想知道什麼？」

「皇上和皇后在演戲給全天下看，霍光期許上官皇后誕下皇子的希望永不可能實現。」

孟玨用的是肯定的語氣，而非疑問，雲歌微點了點頭。

「皇上年初就已經知道自己有病，所以才有一連串外人看不大懂的舉動。」

並非如此，年初是因為……

雲歌低著頭，「不知道，我是最近才知道的。」

孟玨淡淡地嘲諷，「妳一貫後知後覺。妳是在皇上和皇后的圓房夜後才知道。」

雲歌看著膝旁的合歡花，沒有說話。

孟玨沉默了好半晌，問：「雲歌，抬起頭，看著我的眼睛回答。妳和皇上一年的約定還奏效嗎？半年後，妳會不會離開？」

在孟玨的目光下，雲歌只覺自己的心思一覽無遺，她想移開視線，孟玨扳住了她的臉，「看著我回答，會不會？」

雲歌胸膛起伏急促，「會……會，不會！我不會！」她沒有辦法在孟玨的視線下說謊，不受控制地吼出了真話。話語出口的一剎那，有恐懼，有後悔，卻義無反顧。

孟玨笑著放開雲歌，垂目看著身旁的合歡花，唇畔的笑意越來越深，他伸手摘下一朵花，笑看向雲歌，「我可以去給皇上治病，也許治得好，也許治不好，治不好，分文不收，但如果治得好，我要收診金。」

雲歌的心緩緩放下，只要他肯替陵哥哥治病，不管什麼診金，他們都願意支付，「沒有問題。」

孟玨撚著指間的花微笑，極和煦地說：「不要說天下萬民的賦稅，就是他們的生死，又與我何干？我的診金是，如果我治好皇上的病，妳要嫁給我。」

雲歌不能置信地看著孟玨。

孟玨笑如清風，「這是我唯一會接受的診金。妳可以回去好好考慮，反正漢朝地大物博，人傑地靈，大漢天下有的是名醫，病也不是非要我看。」

雲歌眼睛內有悲傷，有痛苦，更有恨。孟玨絲毫不在意，笑看著指間的花。

雲歌沉默地起身，向外行去。

孟玨聽到花房門拉開、闔上的聲音。

他一直微笑，微笑地靜靜坐著，微笑地凝視著手中的合歡花。

花房內，夕陽的金輝漸漸褪去，最後黑沉。

他微笑地站起，背負雙手，合歡花嵌在指間，悠然踱出花房，信步穿過花徑。

一個纖細的身影立在紫藤花架下，凝固如黑夜。

孟玨停步，靜靜看著雲歌。

她的肩頭，朵朵紫藤落花。

一個暗沉、微弱的聲音，像是從死水底下飄出，有著令人窒息的絕望，「我答應你。」

孟玨不喜反怒，負在身後的手上青筋直跳，臉上的笑意卻越重。

他走了幾步，站在雲歌面前，「再說一遍。」

雲歌仰頭，盯著他，「一旦你治好皇上的病，我，雲歌就嫁給你，孟玨。若有食言，讓我天打雷劈，不得好死！」

他替雲歌拂去肩頭的落花，將指間的合歡花仔細插在了雲歌鬢間，「此花名為合歡。」

雲歌一聲不發，任由他擺弄。

「妳要我什麼時候進宮看皇上？」

「明天。你下朝後，就說有事稟奏皇上，于安會安排一切。」

「好。」

「還有一件事情，皇上的病，不許你洩漏給任何人。」

孟珏笑著搖頭，「雲歌，妳怎麼這麼多要求？我究竟是該答應妳？還是索性直接拒絕？省得我答應了妳，妳還覺得是妳吃虧了。」

雲歌的聲音冰冷，「我沒有指望你會慷慨應諾，你還要什麼？要不要我現在寬衣解帶？」

孟珏的聲音沒有絲毫怒意，淡淡說：「來日方長，不著急。可是我現在還真想不出來要什麼。」

雲歌的唇已經被自己咬出了血。

孟珏輕嘆了口氣，笑道：「這樣吧！日後，妳答應我的一個要求。」

早已經城池盡失，還有什麼不能答應的？雲歌譏諷地說：「不愧是生意人！好。」

迅疾轉身，她一刻都不想逗留地飄出了孟珏的視線。

孟珏靜站在紫藤花架下，一動不動。

冷月寂寂，清風陣陣。

偶有落花飄下，一時簌簌，一時無聲。

立的時間長了，肩頭落花漸多。

晚飯已經熱了好幾遍，孟玨卻一直未回。

三月提著燈籠尋來時，只看月下的男子丰姿雋爽，湛然若神，可身影孤寂，竟顯黯然憔悴。

三月的腳步聲驚動了他，孟玨轉身間，已經一切如常。

三月只道自己眼花，公子風姿倜儻，少年得志，何來黯然憔悴？笑道：「晚飯已經備好了，不知道公子想吃什麼，所以命廚房多備了幾樣。」

孟玨溫和地說：「多謝妳費心。妳親自去見一月，讓他想辦法轉告大公子，就說『立即辦好那人託付他辦的事情，不論以何種方式、何種手段，越快越好。』」

三月躬身應道：「是。」

孟玨又道：「從今日起，你們幾個行動要更謹慎。我知道你們從小一起長大，感情深厚，但在長安城一日，就不許稱呼彼此小名。沒有我的許可，也不許你們來往。」

三月道：「我明白。公子不希望他人從我們身上判斷出大公子和公子關係親密。我們和大公子身邊的師兄妹私下並無往來。」

第二日，孟玨依照約定，請求面見劉弗陵。

六順領孟珏踏入宣室殿時，雲歌笑意盈盈地迎了出來，如待朋友、賓客。行走間，衣袖中無意落下幾朵合歡花，輕旋著散落在殿前的金石地上，雲歌每走一步，都恰踩到花上，將花踏得粉碎。

雲歌笑福了福身子，「孟大人，請隨奴婢這邊走。」

孟珏含笑，視線淡淡地掃過雲歌腳下的碎花，「有勞姑娘。」

起先，在大殿上，在龍袍、龍冠的遮掩下，看不出來劉弗陵有什麼不妥。可此時一襲便袍，劉弗陵放鬆了心神半靠在坐榻上，孟珏立即察覺出他眉目間強壓著的病痛。

孟珏磕頭問安，劉弗陵抬手，讓他起來，「多謝你肯給朕看病。」

劉弗陵語氣真誠，孟珏道：「是臣該做的。」

雲歌搬了坐榻給孟珏，笑請他坐。

劉弗陵道：「雲歌和朕說了你的要求，雖然有些難，不過朕答應你。」

孟珏笑意變深，看向雲歌，目中有幾嘲。

雲歌眼中有了驚惶，笑容下藏了哀求。

孟珏目光一掃而過，笑給劉弗陵磕頭：「謝皇上。」

孟珏跪坐到劉弗陵身側，「臣先替皇上把下脈。」

孟珏一邊診脈、察氣色，一邊細問于安，皇上的日常作息、起居。

雲歌安靜地跪坐在劉弗陵另一側，目不轉睛地盯著孟珏的一舉一動。

孟珏又詢問張太醫用什麼藥，用什麼法子治療。張太醫一一回答。孟珏聽到張太醫描述的針法，眼內掠過一絲詫異。

醫術上，很多東西都是「傳子不傳女」的祕密，張太醫雖非心胸狹隘的人，可畢竟不瞭解孟玨，對針灸的具體方法，自不願多說，只約略說明在哪些穴位用針，大概醫理。

不想孟玨聽後，說道：「以水溝、內關、三陰交為主穴，輔以極泉、尺澤、委中、合谷通經絡，治療胸痺十分不錯。不過，太醫的治法是本著『正氣補邪』的『補』法。為什麼不試一試『啟閉開竅』的『瀉』法呢？用撚、轉、提、插、瀉法施術。先用雀啄手法，再用提插補法，最後在各個要穴施用提插瀉法。」

張氏針灸聞名天下，孟玨卻隨意開口批評，張太醫先有幾分不悅，繼而發呆、沉思，最後大喜，竟然不顧還在殿前，就手舞足蹈地想衝到孟玨身旁仔細求教。

于安連著咳嗽了幾聲，張太醫才清醒，忙跪下請罪。

劉弗陵笑道：「朕明白『上下求索，一無所得』，卻『豁然開朗』的喜悅，朕該恭喜太醫。」

張太醫激動地說：「臣也該恭喜皇上，恭喜皇上得遇絕代名醫。這套針法乃家父的一位故友，孟公子傳授給家父。當年，家父已經四十多歲，位列太醫院翹楚，孟公子雖剛過弱冠之年，醫術卻高超得令家父慚愧。家父有緣得孟公子傳授針灸，但因為當時孟公子還在研習中，針法並不齊全，後來他又突然離開長安，避世隱居，這套針法，家父只學了一半，經我們父子幾十年努力，不斷完善，竟然聲傳朝野，被眾人稱作『張氏針灸』。父親規定，我族子弟習得此套針法者，施針治病分文不取，只收醫藥錢。既是感激孟公子毫不藏私的高風亮節，也代表父親對針灸之術不敢居功。父親離世前，仍念念不忘這套針法，直說『真想知道孟公子的全套針法是什麼樣子。若能再見孟公

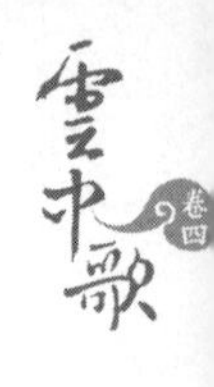

子一面，將針法補全，實乃世人之幸』。」他轉身向孟珏行跪拜大禮，「在下代父親恭謝孟大人高義，讓張氏後人有機會得見針法全貌，在下也可家祭時告訴父親，孟公子後繼有人，家父定會九泉含笑。」

一套針法，竟無意牽扯出一段幾十年前的故人情。此情還不僅僅是朋友相交的私情，而是恩惠世人的大義。教者自然胸襟過人，學者卻也令人敬佩。在座各人都聽得心神激蕩。

看慣了朝堂的黑暗，人與人之間的算計，突然聽到長安城還有這樣一段光風霽月的往事，劉弗陵難得地大笑起來，對孟珏說：「遙想令尊當年風采，真讓人心嚮往之。」

義父一生，結交過的人，上至皇族貴胄，下至販夫走卒，恩及的人更是不可勝數。這件事情在義父一生中，不過小浪一朵，孟珏並未聽義父提過此事，剛才聽到張太醫論針，他也只是心疑。義父歷來之所以提點對方針法，一則是他有意而為；二則因為義父從沒有教過他去藏守醫術。義父歷來是，有人請教，只要不是心思不正之徒，都會傾囊相授，所以他也從未想過要對別人隱瞞更好的治療方法。

雲歌的心卻是喜傷交雜，本來還在懷疑孟珏的醫術，現在看到張太醫對孟珏滿臉尊敬的樣子，懷疑盡釋。

可是……

雲歌看著展顏而笑的劉弗陵，心內傷痛難言。

孟珏診脈後，垂目沉思，遲遲未說話。

眾人大氣都不敢喘一聲，安靜地等著孟珏說出診斷結果。

劉弗陵淡笑道：「有什麼話可直接說，不必為難。」

孟玨心內電轉，前思後想，最後稟奏道：「具體病症，臣現在也判斷不出來，世間的病，並非都能在先人典籍上尋到，即使典籍記錄了的病症，也會因人而異，因地而異。臣先給皇上施針一次，再配些湯藥，看看療效如何。」

雲歌忙去準備清水、毛巾，請孟玨淨手。

施針時，需褪去衣物，于安請雲歌迴避。

雲歌看著孟玨，不放心離開，孟玨微笑著低聲說：「我治病要收診金，妳還怕我不盡心？」

雲歌的手一抖，手裡的盆子差點掉到地上。

劉弗陵不願雲歌看到他扎針時的痛苦，「雲歌，今天晚上我在宣室殿和妳一塊用膳，想吃妳做的魚。」

雲歌忙笑道：「好，我這就去做。」

因劉弗陵自小愛吃魚，御膳房常備各種活魚。

御廚端了一盆魚，讓雲歌挑選，「這是今日清晨送進宮的鯉魚，已經換了十次淨水。」

雲歌挑了一條大小適中、活潑好動的鯉魚，又命人去淋池採摘荷葉、荷花，準備做荷香魚片。

忙了一個時辰左右，做了四菜一湯，雲歌命人把菜肴放在蒸籠中溫著，隨時準備上菜。

回到宣室殿，七喜說：「孟大人還在和皇上議事。」

雲歌點點頭。

又等了半個時辰左右，于安才送孟玨出來。

雲歌匆匆迎上去，看到于安臉上的喜色，她心中一鬆，「皇上如何？」

孟玨幾分疲憊地點了下頭，「幸不辱命。」

于安喜孜孜地說：「皇上說，覺得好多了，胸中的悶氣好像一掃而空。」

孟玨道：「五天後，我再來見皇上。」

雲歌雖不懂醫術，卻也聽聞過，針灸是在人的穴位上扎針，扎得好可以救人，扎不好卻會輕則致殘，重則要命。

看孟玨面色疲憊，雲歌知他心力耗損不輕，低聲說：「多謝你。」

一個小宦官突然跑進宣室殿，氣喘吁吁地說：「于公公，霍大人求見皇上。」

于安皺眉，「你師父是這般調教你的嗎？掌嘴！」

小宦官左右開弓，連搧了自己幾巴掌，轉身退出宣室殿，袖著雙手，躬著腰輕步從外面進來，行禮道：「于公公，霍大人有要事求見皇上。」

「告訴霍大人，今日天色已晚，皇上累了一天，有什麼話明日再說吧！」

小宦官偷瞄了眼孟玨，低聲說：「丞相田大人突然中風，只怕捱不過今夜了。」

「什麼？」于安失聲驚問。田千秋雖然年過半百，可身子一向康健，怎麼突然就要死了？

孟玨眼中神色幾變，向于安作揖道別。

于安沒有時間再和他多說，「孟大人慢走。」趕忙轉身去稟告皇上。

不一會兒，劉弗陵穿戴整齊，匆匆從殿內出來，看到雲歌，眼中全是歉意，「今夜我要晚些回來，不要等我吃飯了，妳自己先吃。」

雲歌笑著點點頭，「沒有關係。」

一瞬工夫，宣室殿就變得空蕩蕩，只剩雲歌一人孤零零站在殿前。

她緩緩坐在了臺階上，靜看著半天晚霞，一殿清涼。

# 第三十六章 恩恩怨怨

岸上柳樹婀娜，水中倒影搖曳，
究竟是風動，樹動，才影動，
還是風動，水動，才影動？
她眼中有悲傷，有恨意，還有迷茫。

---

孟玨出宮後，立即去找劉賀。

劉賀在落玉坊欣賞歌舞，孟玨剛進去，劉賀看了眼他的面色，立即命所有歌舞伎都退下。

孟玨笑嘲：「劉大公子，還有工夫歌舞聲喧？田千秋的事情，你可聽聞了？」

劉賀道：「剛剛知道。」

「此事是你辦的？」

劉賀搖頭否認。

孟玨眉頭緊鎖，「我讓一月給你傳的話，你沒有收到嗎？」

劉賀說：「收到了。我已經安排妥當一切，就等收局了，不料這老頭竟突然中風，枉費了我許多心血。」

孟玨撐著頭，雙目微闔，「你本來打算怎麼樣？」

劉賀笑了下，「借鑒了一下三十多年前丞相李蔡的案子，田老頭的兒子為了司天監的幾句話，偷偷侵占了一塊風水絕佳的王室墓地。」

孟玨邊回憶邊說：「當年的李氏家族雖不可和衛氏比，但也權重位貴，丞相李蔡卻因為幾塊地自盡在獄中。嗯……這的確是個神鬼不知的好主意，只是未免太慢，皇上要你越快越好，你卻用如此耗神的法子，更何況，田千秋和李蔡不同，即使把田千秋打進牢獄又如何？霍光若想保他，他一定死不了。」

「小玨呀小玨！」劉賀笑著搖頭，「誰說我打算要田千秋的命了？皇上只是說不想讓他做丞相，我就給皇上一個強有力的理由不讓他做丞相。既然已經達到目的，何必不留一點餘地？田千秋雖是庸相，卻絕非佞臣，縱是有罪，卻罪不及死。」

孟玨看著劉賀，沒有說話。

劉賀說：「你看上去很累，躺一會兒吧！」

孟玨靠著臥榻假寐，突然問道：「你覺得田千秋真的是中風嗎？事情未免有些湊巧。」

劉賀思量了一瞬，「田千秋對霍光言聽計從，不可能是霍光的人害他。其他大臣即使心裡有想法，目前也沒這個膽量動他，唯一想動又敢動田千秋的人就是皇上。皇上身邊確有幾個不懼霍光淫威的股肱臣子，不過，皇上不會命這些人幹這種禍亂法典的事情，只會命……」

「如果我沒有猜錯，應該就你和劉詢。」

劉賀發呆半晌後，方說道：「衛太子起兵失敗自盡後，先帝餘怒未消，下令誅殺所有衛太子的舍人，以及和衛太子交往過的官員。壺關三老上書給先帝，說太子是受困於『奸臣江充，不能自明，冤結在心，無處告訴，因此忿而發兵，誅殺江充；子盜父兵，並無他意。』當時的高廟令田千秋也上書，申訟太子冤枉。恰好先帝冷靜下來後，已經明白太子是遭人陷害逼迫，遂接納了田千秋的上書，赦免了太子的謀反大罪，又升田千秋為大鴻臚。不過，田千秋最擅長的就是見風使舵，也許他是看壺關三老沒有獲罪，所以揣摩聖意，見機行事，為自己博取了一個錦繡前程，可如果沒有壺關三老和田千秋，劉詢只怕連進天牢的機會都沒有。劉詢會是不念舊恩的人嗎？」

孟玨淡淡道：「如你所說，壺關三老才是冒死進言的人，田千秋不過順風使舵。劉詢究竟有沒有必要念這個『舊恩』，全看他是何樣的人。話再說回來，即使壺關三老又如何？這天下恩將仇報的人比比皆是。你們劉氏的半壁江山是『漢初三傑』打下，你家的老祖宗也沒見感恩，還不是逼走了張良，計殺了韓信？到最後，『三傑』僅剩了個苟且偷生的蕭何。」

劉賀苦笑著擺手：「我們只說劉詢，不談其他。你覺得劉詢是這樣的人嗎？」

孟玨道：「不論田千秋是否於他有恩，如果這事情是他做的，那麼，他行事的果斷、狠辣非你能及，不過你計謀周全，心存仁念，這個又遠勝過他，現在就看皇上如何想了。」

劉賀默默沉思，很久後，問道：「你為什麼會突然讓一月傳話給我？」

孟玨閉著眼睛，沒有回答。

劉賀以為他已經睡著，卻突然聽到他說：「你若不想只做個普通的王爺，就準備好盡全力拚鬥一場。有時間，不妨多琢磨琢磨皇上為什麼從年初就開始重用你和劉詢，表面上像是讓你們為他分憂，實際上卻更像是歷練、教導你們，再想想為什麼皇上把田千秋的事情單交給你和劉詢辦。」

劉賀皺眉不語。孟珏翻了身，面朝牆壁睡去。

劉賀的侍從在屋外稟道：「王爺，宮裡來人傳話。皇上要見王爺。」

劉賀道：「知道了，外面候著。」

「是。」

劉賀叫：「小珏？」

孟珏沉沉而睡，沒有反應。

劉賀出了屋子。

孟珏聽到關門的聲音，坐了起來，默默思量了片刻，叫道：「來人。」

進來的卻非一般歌伎，而是落玉坊的坊主，很恭敬地向孟珏行禮：「公子有何吩咐？」

孟珏道：「幫我留意劉詢的動靜。」

「是。」

「再幫我查一下田千秋府上最近有什麼異常，尤其是府中的僕役、丫鬟，越是出身貧賤的，有可能和江湖人有瓜葛的，越要仔細查。」

「是。」

孟珏慢步出了落玉坊。外面候著的小廝立即迎上來，孟珏道：「我一個人走走，不用馬車。」

孟珏安步當車，緩步而行。

長街寧靜，只聞自己的腳步聲。

走到一處分岔路口，他停了下來。

向左走？向右走？還是向前走？

劉賀趕進宮時，劉詢已在。

劉弗陵對劉賀說：「正在等你。你看誰比較適合接任丞相位置？」

劉賀心中琢磨，不知道這個問題皇上可問過劉詢，劉詢的答案又是什麼。劉賀沉吟著未立即回答，卻看劉弗陵眼內似閃過一絲笑意，聽到他對劉詢說：「你也想想。」

劉賀心中暗嘲自己，趕緊專心思索，過了一會兒後說：「這個位置，並非誰合適做，誰就能做，而是霍光接受的底線在哪裡。」

劉詢道：「王叔說的十分有理。霍光絕對不會允許這麼重要的位置落入皇上信賴的人手中，但今非昔比，皇上早已不是未親政前的皇上，也絕不會讓這個位置落入田千秋這樣的人手中，所以只能選個中間派的牆頭草了。」

劉弗陵點頭，「這是霍光呈報的人選。」

七喜將奏摺遞給劉賀和劉詢傳閱。

兩人看完後，都笑著搖頭，「霍光這老兒倒是知情識趣。」奏摺上羅列的五個人都是赤金級別的牆頭草。

劉弗陵嘆道：「霍光智謀、能力、魄力兼備，最難得的是他身居高位，卻一直不忘關心民生，體察民苦，朕幾次削減賦稅、減輕刑罰、打擊豪族的改革，因為獲益的只是普通百姓，受損的卻是朝堂上的眾多官員，所以遭到過激烈反對，可是卻得到了霍光的全力支持。若沒有他的支持，朕不可能成功。若有聖君駕馭，他肯定是治世棟樑、國之瑰寶，可惜朕登基時太年幼，未能治衡住他，讓他一步步走到了今日。」

劉弗陵語重心長地對劉詢和劉賀說：「過於信賴良臣，讓他的勢力獨大，野心膨脹，和疑心過重，使良臣心寒，甚至逼反良臣，是一樣的罪過，都非明君所為。再神俊、忠心的馬，都記得要用韁繩讓他聽話，用馬鞍讓自己舒服，這樣才能跋涉遠途，馳騁千里。」

劉賀和劉詢默默沉思。

劉弗陵吩咐：「你們將各自中意的人寫給朕。」

劉賀和劉詢忙提筆寫好，交給七喜，七喜呈給皇上。

劉弗陵看了一眼，兩人寫在竹片上的竟都是「楊敞」。他將竹片遞給于安，于安掌間用力，竹片立成碎末。

劉弗陵道：「已是深夜，你們都回去吧！朕也要趕緊去祭朕的五臟廟。」

劉賀和劉詢磕頭告退。

劉詢的府邸在宮外，自當出宮回府。劉賀卻因為劉弗陵破例讓他住在昭陽殿，和宣室殿有一小段同路，所以兩人同行。

劉詢走出一段路後，突然想起一事，又匆匆返回去追劉弗陵。卻看劉弗陵和劉賀兩人坐在御花園中說話，白玉桌上放了幾碟時鮮水果。

劉弗陵的神態不同於和他相處時的平靜、淡漠，此時，和劉賀對面而坐的劉弗陵面容帶笑，極為溫和。

劉賀拿著個杏子在吃，不知道嘴裡嘟囔了句什麼，劉弗陵竟從桌上拿了個杏子，扔向劉賀，劉賀伸手接住，大咬了口，笑起來。劉弗陵也是笑意滿面。

兩個人看上去如兄弟、朋友般親密。

想到劉賀未來前，他和劉弗陵關於田千秋的談話場景。當時，他忐忑不安、小心翼翼，而劉弗陵自始至終面無表情，甚至近乎冷漠。

劉詢靜靜站了一小會兒，並未上前，而是轉身出了宮。

劉賀問：「皇上不是說餓了嗎？怎麼不吃點？」

劉弗陵笑意很深：「雲歌做了晚飯。」

「哦——」劉賀拖著長音，笑著說：「原來怕美人不開心，要留著胃口回去哄美人。」

「知道就好。所以言簡意賅、老老實實告訴朕。朕交給你的事情，你究竟做了什麼？」

「臣遵旨。」劉賀一聲唱喏，將事情一一奏明。

劉弗陵邊聽邊點頭，最後笑道：「你這個王爺畢竟沒有白做，司天監都肯幫你說話。」

劉賀笑道：「他說的話都是真話，那塊墓地的確是難得的風水寶地，田老頭的兒子請他去看風水，我只是請他在堪輿時，順便談談他曾見過的風水寶地。」

劉弗陵道：「人無欲則剛，有欲則有了弱點。不過，除非太上，否則沒有人會無欲。」

劉賀笑嘻嘻地問：「皇上的『欲』是什麼？」

劉弗陵淡笑：「你的是什麼？」

劉弗陵和劉賀談完話，已經過了二更，進宣室殿的第一句話就是：「朕很餓，快去把雲歌做的飯菜都拿來。」

雲歌聞言，笑道：「讓御廚做新的吧！時間差不了多少。」

劉弗陵坐到雲歌身側，笑而未言。

雲歌問：「你感覺好些了嗎？」

「孟玨的醫術十分不凡，一直積在胸間的煩悶感一掃而空。如果病能治好，我們還是按原來的計畫，不過我現在有個更好的主意。」劉弗陵眉目間的悒鬱消散了很多，暗溢著喜悅。

雲歌笑點點頭，將臉埋在了劉弗陵胳膊間，不讓他看見自己的神色，「什麼好主意？」

「遁世有『隱遁』和『死遁』，我之前一直想的是『隱遁』，但終究拖泥帶水，而且一直沒有想好如何安置小妹。這次的病倒是個極好的時機，不妨借病死遁，小妹也就有了去處。如果她想要自由，我會下一道聖旨要她『陪葬』，如果她想要尊榮，那她會成為皇太后或太皇太后。」

雲歌只輕輕「嗯」了一聲，再不敢多說。

劉弗陵笑道：「過兩日就命太醫院的那幫太醫們都來會診，讓他們好好焦頭爛額一番，也讓他們各自的主子都澈底相信，更讓全天下都無疑心。」

飯菜送來，于安和抹茶服侍劉弗陵、雲歌用膳。

知道劉弗陵愛吃魚，所以雲歌先夾了一塊魚給他。

劉弗陵吃了一口，讚道：「真鮮美。」

雲歌也夾了一塊魚肉，「鮮美什麼？魚肉最禁不得冷了又熱，肉質如木。」

抹茶笑道：「只要是姑娘做的，就算是塊真木頭，放水裡煮煮，皇上也覺得鮮美。」

雲歌指著抹茶，對于安說：「于安，這你調教出來的丫頭？還不管管？」

因為皇上的病，于安心裡一直很沉重，今日總算在黑暗中看到了一線光明，他心情難得的輕鬆，笑道：「奴才調教得十分好，都是被姑娘慣成了今日的德性，姑娘又有皇上撐腰，奴才哪裡還敢教訓抹茶？」

「陵哥哥？」

劉弗陵正容問：「于安說的哪裡不對？我要辦他，也總得有個錯才能辦。」

「哼！你們都一夥的，欺負我是外來的！」雲歌再不搭理他們，埋頭吃飯。

于安和抹茶都偷著笑。

劉弗陵凝視著微有羞意的雲歌心想，這一生能日日吃著雲歌做的菜，直到白頭，就是他最大的「欲」了。

這幾日幾乎所有的官員都沒有睡安穩，先是丞相田千秋病逝，眾人要忙著鑽營，忙著弔唁。緊接著，御史大夫楊敞升為丞相，百官又要忙著恭賀，忙著巴結。氣還沒喘口，又聽聞皇上得病，太醫院翹楚——張太醫束手無策，無奈下，只能召集所有太醫會診。

張太醫醫術如何，眾人都心中有數，讓他束手無策的病？眾人心裡都是「咯登」一下，提心吊膽地等著會診結果。

大司馬府，書房。

兩位參與會診的太醫如約而來，看到霍成君也在座，微微愣了一下後，忙向霍光請安。

不論多大的官，對太醫院的醫者都存有一分敬意，因為沒有人能逃脫生老病死。霍光本就待人寬和，此時更是客氣，立即請兩位太醫坐。

兩位太醫一字不落地將會診過程向霍光道明。

霍光只是靜聽，面上看不出任何反應。

兩位太醫看霍光沒有話問，站起告辭：「下官還要回去翻閱典籍，尋找醫方，不敢久留，先行告退。」

太醫走後，霍光凝視著窗外不說話，霍禹、霍山、霍雲也都不敢吭聲。

窗外不遠處是一個小小的湖泊。

湖上幾隻白鷺，時飛時落。岸邊幾株柳樹隨風輕擺。黃鶯婉轉鳴唱，因為樹蔭濃密，只聞聲，不見影。

霍光好像賞景賞得入了神，近半個時辰都一言不發，也一動未動。

霍禹和霍山頻頻給霍成君使眼色，霍成君卻視而不見，也看著窗外發呆。

霍光終於將視線收回，目光淡淡從屋內幾人面上掃過，「成君，陪爹去外面走走，你們三個，平日裡幹什麼，就幹什麼去。你們若敢不經我許可做什麼事，我絕不姑息容情。」

霍禹愣愣，著急地叫：「爹……」

霍光盯向他，他立即閉嘴，隨著兩個弟弟退出了屋子。

霍成君攙著霍光的胳膊，慢步朝湖邊走去。湖風清涼，將盛夏的炎熱吹走了許多。

霍光笑說：「此湖是這個宅子最早開鑿的一個湖。」

成君微笑：「女兒知道，這個宅子，伯伯曾住過的，書房這一帶是伯伯的舊宅，其餘屋舍是父親後來才慢慢加建的。」霍成君四處打量了一圈，「伯伯十八歲就封侯，其後又位居大司馬，這個宅子和伯伯的身分實在不配。」

霍光笑道：「太陽還需要藉助他物的光輝嗎？妳若見過妳伯伯，就會明白，他要的，只是個『家』。」霍光雖在笑，可眼中卻別有情緒。

伯伯的死不管在史冊記述，還是長安城的傳聞中，都有很多疑點，和伯伯有關的話題也一直是家中的禁忌，霍成君不敢再提。

父女倆沿著湖邊逛了一圈，隨意找了塊平整的石頭，坐下休息。

一對野鴨縮躲在石塊角落裡打瞌睡，看到他們也不害怕，反以為有吃的，圍著霍成君繞圈子，霍成君用手相嬉。

霍光看著霍成君，「成君，妳有想嫁的人嗎？」

霍成君的手僵住，野鴨遊近，去叨她的手，霍成君手上一疼，突然揮手，用力打在了野鴨身上，兩隻野鴨「嘎嘎」幾聲慘叫，快速逃走。

「女兒說過願意進宮。」

霍光嘆息，「這條路，不能回頭，妳真想好了？妳若想嫁別人，爹會給妳備好嫁妝，讓妳風光大嫁。」

霍成君淡淡說：「女兒想好了，與其嫁個一般人，不如嫁天下第一人。」

霍光道：「這件事情一再耽擱，先是被小妹的病耽誤，沒想到這丫頭因病得福，一場病倒讓皇上動了心。皇上和皇后圓房未久，我也不好立即送妳進宮，只能再等等。現在想來，反倒是好事一件。」

「爹，皇上的病……」

「不知道，這是老天爺的權利。若皇上病好，計畫如舊；若不能……現在只能步步謹慎。」

霍成君點頭。

霍光突然問：「劉賀和劉詢，妳看哪個更好？」

霍成君一怔後才明白父親話後的意思。畢竟是未出閣的姑娘，雖非尋常女子，卻還是有了羞意，扭轉了身子，低頭望著水面。

霍光道：「劉賀看著荒唐，劉詢看著豪爽，這兩人我都有點看不透。不管選誰，都各有利弊。」

霍成君腦中閃過劉賀的急色和無禮相，心裡一陣厭煩，又回憶起上元節時的情景。

劉詢為她猜謎，送她燈籠，那盞「嫦娥奔月」燈還掛在自己的閨房中。

他帶她去吃小餛飩、韭菜餅。

長安城的大街小巷好似他的家，他帶著她在小巷子裡左轉右繞，很多店鋪的老闆都會和他笑打招呼，不起眼的小店裡，藏著她從未品嘗過的美食，她第一次發覺，自己竟好像從未在長安城真正生活過。

雜耍藝人，見了他，會特意叫住他們，單為她表演一段節目，分文不收。

橫著走路的街霸、地痞，卻是一見他，剎那就跑個沒影。

他送她回府時，她左手拎著燈籠，右手提著一大包根本不知道叫什麼名字的零食和小玩意，她這才知道，原來長了那麼大，自己竟從未真正過過上元佳節……

霍成君怔怔出神。

霍光望著湖面，默默思索，好似自言自語地說：「若從經歷看人，劉詢此人只怕心志堅忍，不易控制，劉賀卻是富貴王爺，沒經歷過什麼磨難，荒唐之名，舉國皆知……不過，劉賀的正室是前大鴻臚的女兒，劉詢的正室是罪夫之女。」

大鴻臚乃正一品，九卿之一，劉賀的這門婚事又是先帝親指，王妃已生有一子，王氏家族還有不少人在朝中為官。想要繞過劉賀的正室立女兒為皇后，只怕十分難。劉詢卻不同，朝中無外戚，他即使有些能耐，也孤掌難鳴。

霍光笑說：「這兩人對我而言，各有利弊。劉賀、劉詢，妳選一個，畢竟是妳的一生，妳又是爹最疼的孩子。」

霍光嘴裡雖然如此說，可心裡卻完全是另外一個決定。他最期望聽到的答案是，霍成君對兩人根本沒有偏倚，否則不管她選擇誰，他都會挑另一個。

霍成君如夢初醒，愣了一會兒後，小心翼翼、字斟句酌地回答道：「我的姓氏是『霍』，我絕不想給別的女人下跪，既然決定入宮，我就要做皇后。誰能讓我做皇后，我選誰。」

霍光微笑著點頭，心中卻不無失望，成君的言語中已經透露了她的喜厭。他望著湖面，慢慢地說：「妳要記住，從妳進宮起，他是什麼樣子的人根本不重要，他的名字只有兩個字：皇帝。他不是妳的夫君，更不會是妳的依靠，甚至還會是妳的敵人，妳的依靠只有霍氏和妳將來的孩子。」

霍成君默默點了點頭。

霍光長吁了口氣，「這些話不要告訴妳哥哥們。」

「女兒明白。」霍成君望著湖對面。岸上柳樹婀娜，水中倒影搖曳，究竟是風動，樹動，才影動，還是風動，水動，才影動？她眼中有悲傷，有恨意，還有迷茫。

父女倆在湖邊坐了會兒後，霍光說還有事要辦，命下人備馬車出府。

霍成君回自己的住處。

剛進門，小青就神神祕祕地湊到她身旁，遞給她一方絹帛，「小姐，奴婢本來不敢收的，可他

說小姐一定會看，奴婢怕耽誤了小姐的事，所以就還是收了。奴婢若收錯了，請小姐責罰，下次絕不再犯。」

霍成君打開絹帕，默默讀完，握著帕子，望著窗楞上掛著的一盞八角宮燈怔怔出神。

她發了半日的呆，方說：「點盞燈來。」

小青心裡納悶，大白天點燈？可知道自家的這位小姐，行事、說話極得老爺歡心，如今就是大少爺見了，都客客氣氣，她自不敢多問，匆匆去點了燈來。

霍成君將絹帕放在燈上燒了，淡聲吩咐：「吩咐人準備馬車，我晚上要出趟門。」

小青忙應：「是。」

明處，眾多太醫忙忙碌碌地埋首典籍，查閱各種胸痺的記載，苦思治病良方。

暗中，孟珏每隔五日來給劉弗陵扎針一次，又配了湯藥配合治療。

雲歌問過孟珏，劉弗陵究竟得的是什麼病？孟珏的回答極其乾脆：「不知道。」

雲歌不滿，一旁的張太醫解釋，「只有典籍上有記載的病才會有名字，還有很多病症，典籍上並無記載。可是沒有名字，並不表示不可治。」

自從孟珏開始給劉弗陵治病，劉弗陵的病症開始緩解，心疼、胸痛都很久未犯過。有事實在眼前，雲歌稍微安心了點。

這日，孟珏拿出一根一尺長的銀針，下尖上粗，與其說是針，不如說是一把長錐，于安嚇了一跳，「孟大人，你要做什麼？」

張太醫忙做了噤聲的手勢，走到于安身邊低聲說：「這應該是穿骨針，可吸人骨髓，傳聞中黃帝用過，我也是第一次見。」

孟珏將一塊軟木遞給劉弗陵，「皇上，恐怕會很疼。本該用點藥讓皇上失去痛覺，可我現在還未確診，不敢隨意用藥，所以只能……」

劉弗陵接過軟木，淡淡說：「朕受得住。」

張太醫說：「皇上若疼，就叫出來，叫出來會好受一些。」

孟珏用力於腕，將針插入劉弗陵的股骨，劉弗陵面色剎那轉白，額頭的冷汗，顆顆都如黃豆般大小，涔涔而落，卻緊咬牙關，一聲未發。

于安眼見著銀針沒入劉弗陵體內，只覺得自己的骨頭也透出寒意。

劉弗陵躺，孟珏站。

他居高臨下地注視著劉弗陵，手中的針保持勻速，緩緩插入股骨。

趴在窗上偷看的雲歌，感同身受，臉色煞白，咬著的嘴唇漸漸沁出了血絲。

人們形容極致的痛苦為刺骨之痛，這痛究竟有多痛？

聽到窗外急促的呼吸聲，孟珏眼中的墨色轉深，手勢越發的慢，將銀針極其緩慢地推入骨頭，劉弗陵仍然未呻吟，只臉色由白轉青。

張太醫看著孟珏的施針手法，眼中有困惑不解。

已經取到骨髓，孟珏不敢在骨內久留，迅速將針拔出，劉弗陵已經痛到神識恍惚，卻仍是一聲未發。

孟珏將針小心地收入水晶匣，示意于安可以上前了。

于安趕忙去探看皇上，劉弗陵身上的衫子如被水浸，于安忙命七喜幫忙給皇上換衣服，以防皇上著涼。

孟珏磕頭告退，劉弗陵喃喃說了句什麼，他沒有聽清。于安道：「孟大人上前聽話。」

孟珏跪到了劉弗陵榻前。

劉弗陵聲如蚊蚋：「多謝！」

孟珏道：「不敢，是臣的本份。」

劉弗陵輕扯了扯嘴角，似乎想笑，卻實在沒有任何力量，緩了半晌，才又說：「你……你誰都不要幫。你想要的東西，朕定會給你。」

孟珏怔住。

「保存實力，置身事外。」劉弗陵閉上了眼睛，輕抬了抬食指。

于安立即做了個請的姿勢，「孟大人，奴才送你一程。」

于安送孟珏出屋，孟珏將一個小檀木匣子遞給于安，「煩勞公公了。」

于安含笑接過，「該奴才謝大人，雲姑娘若沒有大人的香，不知道要多受多少罪。」打開盒子檢查了下，又湊到鼻端聞了聞，「和以前的香味道不太一樣。」

孟珏淡笑道：「藥隨症變，她的咳嗽比以前好一些了，用藥也自然不一樣。」

于安點頭，將匣子收好，「奴才還要回去服侍皇上，就送到這裡，大人慢走。」

孟玨向于安行禮作別。

孟玨出了殿門，看到坐在牆角處的雲歌，淡淡說道：「我有話問妳。」說完，腳步未停，仍向前行去。

雲歌呆呆坐了會兒，跳起身，追了過去。

行到僻靜處，孟玨停住了腳步，「妳告訴皇上我要的診金是什麼？」

「手握重權，官列三公九卿。」雲歌的語氣中滿是嘲諷，「你既然不關心天下賦稅，我若告訴皇上，你不收診金，更荒謬，想來這個倒是你很想要的。」

孟玨微笑：「那我該謝謝妳，人還未過門，就懂得替夫君謀劃前程了。」

雲歌臉色驀白，襯得唇畔的幾絲血跡異樣的豔麗。

孟玨笑如春風，轉身離去。

孟玨前腳進家，劉賀後腳就衝了進來，「老三，你是不是在給皇上治病？」

孟玨半歪在榻上，翻著竹簡，「是。」

「你早知道，卻不告訴我……」劉賀指著孟玨，有氣卻不知怎麼發，半晌後，放下手，問：

「皇上的病究竟如何？」

孟珏搖頭：「不知道。」

劉賀盯著他看了一瞬，看出他說的是實話，「能治還是不能治？」

孟珏看著手中的竹簡說：「找出病源就能治。」

「不是胸痹？」

孟珏不耐煩，「若是胸痹，我會說不知道？」

劉賀盯著他看了好一會兒，緩緩說：「小珏，不要因為二弟曾給你說過的願望做任何事情，二弟當年對你說那些話時，還只是一個心智未開的半大人，他日後的所思所想早已經變了。我知道你不會相信我說的話……」

劉賀不提月生還好，一提月生，孟珏驀地將手中的竹簡砸向劉賀，「滾出去！」

劉賀輕鬆地抓住了竹簡，是一卷《起居注》，記錄著劉弗陵每日的飲食起居。榻旁、案頭都堆滿了這樣的竹簡，還有不少孟珏做的筆記，劉賀心下歉然。

孟珏面上已平靜，淡淡說：「現在朝局隱患重重，一招不慎，滿盤皆輸，你多操心自己，別在我這裡呱噪。」說完，再不理會劉賀。

劉賀思量著還想說話，卻被聞聲進屋的三月拖著向屋外行去。

三月一邊拖著他往花圃走，一邊不滿地說：「大公子怎的不分青紅皂白就責備人？這段日子，三公子從未真正休息過，日日在屋裡看皇上的《起居注》，十多年、四五千個日子的作息、飲食、起居、大小病，三公子都一一看過，還要配藥，給皇上的藥方翻來覆去地琢磨，唯恐一個不小心，引發皇上的併發症。你看……」三月指了指花房四周，全是一籮一籮的藥，還有一盆盆活的藥草，分門別類的擺著，整個花圃充滿了濃重的藥香，「你還說三公子不盡心？他就差心血耗盡了！」

劉賀沉默。

三月不依不饒地說：「三公子好像中意雲姑娘，是真是假，你肯定比我們清楚。如果是真的，你有沒有想過三公子的感受？整日吃不好，睡不好，費盡心血救的是誰？三公子也是個人，你還不准他有個脾氣？」

劉賀忙連連作揖：「好姑娘，我錯了，都是我錯了。妳們這幾個丫頭個個心向著老三，我被他罵的時候，也沒有見妳們幫過我。」

三月猶有不甘地閉上了嘴。

劉賀又四處打量了一番花圃，猛地轉身，匆匆向書房行去。

三月急得大叫起來，追向劉賀，「大公子，你怎麼又去了？」

劉賀回過頭，揮手讓她下去，一面溫和地說：「我去給老三個理由救人，讓他救人救得好受一點。」

三月看到劉賀的神色，不敢再放肆，忙停了腳步，恭敬地說：「是，奴婢告退。」

孟玨聽到推門聲，見又是他，幾分疲憊地問：「你還有什麼事情？」

劉賀坐到他對面，斂了慣常的嘻笑之色，「我想告訴你件事情。」

孟玨仍研究著水晶匣子中的穿骨針，只點了點頭。

「不知道月生有沒有給你講過他遇見你之前的一段經歷？」

孟玨手下的動作停住，卻仍然沒有說話。

「先帝末年，因為吏治混亂，民不聊生，無數失去土地的流民被逼去搶奪官府糧倉，官府下令拘捕追殺這些『造反』亂民，月生就是他們中的一個。為了活命，月生的父親想帶著他逃出漢朝。不料在逃命的路上，他父親被官兵殺了，而他卻被一個少年和一個小女孩救了，救他的女孩子叫雲歌……」

孟珏一下抬起了頭，直盯著劉賀。

「月生的性格，你也知道，他願意把兄弟的責任背負到自己身上，卻不願意讓兄弟為他背負責任，所以，這些事情都是我和月生喝醉酒時，從他偶爾提到的片段中拼湊而成，甚至我根本不知道救他的女孩子叫什麼名字，直到那一日……直到那日在甘泉山上，他因我而死。臨死前，他斷斷續續地向我託付一些事情，我半猜著約略明白了救他的女孩子叫雲歌，他還讓我照顧他的親人……當時，他有很多事情想囑咐我，卻都已經說不出來，我哭著對天發誓，一定會替他報恩，一定會替他照顧好他唯一的親人，也就是你。」

說到這裡，劉賀的聲音有些沙啞，他平靜了半晌，才又說：「後來你來找我，我才見到月生常常提起的弟弟。我想著，今生今世，不管你如何對我，我都一定會把你看作親弟弟。為了完成月生的另一件心願，我下了大工夫四處尋訪雲歌，卻一直苦覓不得。沒想到，最後得來全不費工夫，你竟然向一個叫雲歌的女孩子求親，又追著她從西域到了長安。我當時去長安的目的根本不是為了查探你的舉動，而是為了見她。一見到她，不需要任何證據，我已知道這個雲歌就是我要尋覓的『雲歌』了。可是那個少年呢？根據月生的點滴描述，少年和雲歌之間也應該剛認識不久，我以為是你，因為根據月生的描述，他被救的時間，似乎和你與雲歌認識的時間一致，地點也一致。」

劉賀看著孟玨的視線十分複雜，「你對雲歌的事情比我清楚，聽到這裡，你應該已經知道，救了月生的少年是誰。我是最近才想明白這件事情，也才明白為什麼月生在甘泉山上看到劉弗陵時，表情那麼複雜。」

孟玨的聲音冷如冰，「你既然決定隱瞞，為什麼要現在告訴我？」

劉賀長吁了口氣，「這是月生在臨死前，對我說的話。我已經不能為他做任何事情，這是我唯一能為他做的。」他攤了攤手，苦笑著說：「是，我有私心，我只是想著讓自己的良心能安穩些，所以不想你去為月生完成心願。可是，現在發現，月生欠劉弗陵的，只有你能代他還上。」

孟玨的臉色有些發青，劉賀做了個害怕的表情，跳了起來，又變成他一貫的憊賴樣子，一邊匆匆往外跑，一邊說：「我走了！想打架去找六月他們！今日沒有工夫奉陪。」

孟玨凝視著桌上的水晶匣，眼中是各種情緒都有。

屋外樹上的知了拚了命地喊著「知——了——」，「知——了——」。

知了？知了！人生有些事情，不知道會更好。

「砰」的一聲巨響，書房的門突然被人踢開。

難得動怒的孟玨，突然情緒失控，手在桌上拍了下，桌上一個石硯臺呼嘯著直擊來人命穴。

孟玨將硯臺擊出後，才看到來人是雲歌，大驚下，又忙飛身上前。

雲歌一踢開門，就滿腔怒氣地往裡衝，根本沒有想到孟玨會拿硯臺砸她，等看到時，腦袋有些發懵，緊迫間衝勢根本停不下來，而孟玨離硯臺還有一段距離。

眼看著硯臺要砸到雲歌的腦袋上，孟玨急中生智，隨手拎起架子上的一壺用來擦木器的桐油朝雲歌腳下潑過去。

隨著一股刺鼻的味道，雲歌「啊」的一聲尖叫，腳下打滑，重重摔到了水磨青石地上。毫釐之差，硯臺從她頭頂飛過，砸到了院子中，將一株胳膊粗細的樹當場砸斷。

這一跤摔得著實不輕，雲歌的手腿生生地疼，半邊臉也立即腫了起來，身上、頭髮上全是膩嗒嗒、難聞的桐油，熏得人頭暈。

孟玨忙去扶她，她用力打開了他的手，想自己起來，卻手腳打滑，剛拱起身子，又摔了下去。

孟玨看到她的狼狽樣子，又是心疼，又是好笑，忙說：「先別發脾氣了，我沒想到是妳。我讓三月給妳準備洗漱用具，等收拾乾淨了，我再好好給妳賠禮道歉。」說著，用力握住了雲歌的胳膊，想把她拎起來。

雲歌用力去打他的手，一邊嚷著：「我不要你的假好心，我們不要你的假好心……我們不要……」嚷著嚷著，眼淚撲簌簌直落了下來。

孟玨的手有些僵，雲歌趁勢掙脫了他，一邊努力地起來，一邊哭著說：「我剛去石渠閣查了祕笈，書上說穿骨針要快進快出，快出是為了保住取得的骨髓，快進是因為穿骨之疼非人所能忍，你卻慢慢地往裡插……你說你是信守諾言的人，可你……」

雲歌努力了好幾次，終於站了起來，她的頭髮上、臉上全是油，半邊臉又腫著，狼狽不堪，可她的神情卻透著異樣的倔強，「我不要你的假好心，不管你的醫術有多高超，我都不會再讓你去折磨他，以後你不用來給陵哥哥治病了！反正他生，我生；他死，我死。我總是陪著他的，我才不怕什麼怪病！」

說完後，她一邊擦著眼淚，一邊一瘸一拐地走出了屋子。

孟玨想叫她，張了張嘴，卻喉嚨乾澀，發不出任何聲音。

# 第三十七章 未央夕照

心頭的一股氣脹得胸間馬上就要爆炸，他驀地坐起，大叫了聲閉嘴，話剛說完，一口鮮血噴出，人直直向後倒去，摔在榻上。

大殿內迅即啞寂無聲，針落可聞。

劉弗陵自八歲登基，到現在，有將近十四年的《起居注》。

孟玨在不到一個月的時間內，把近十四年的記錄全部看過，並且仔細做了筆記。

他一邊翻著各年的筆記做對比，一邊思索著劉弗陵的所有症狀。

突然，他的視線停住，似有所悟，迅速將筆記從頭到尾翻閱了一遍，扔下竹簡，匆匆出門。

兩個多時辰後，又匆匆返回，吩咐三月和六月陪他出城。

馬車一路小跑，直出了長安城。行到一處荒無人跡的山下，孟玨命停車。

三月和六月面面相覷，不知道他想幹什麼。

孟珏笑道：「都陪我去爬山。」

孟珏已經在屋子裡悶了多日，難得肯出來散心，兩人都笑著應好。

山腳附近沒有人家，林木更比別處茂盛，充滿野趣。山中水源也充沛，各處都有溪流、瀑布，或大或小，到山腳下匯成了一個大湖。

湖水清澄如鏡，野鴨、野雁成群結隊的在湖面上游過，冷不防地還能看到幾隻仙鶴、天鵝翩躚飛翔。

陽光照耀處，偶爾會有魚兒跳出水面，一身銀甲，一個漂亮的擺尾，「撲通」一聲又落入水中。惹得三月一時大呼，一時小叫。

孟珏笑賞了會兒風景，沿著一條溪流，攀緣上山。

怪石嶙峋，植被密布，根本沒有道路。不過三人武功很好，所以都不覺得難走，三月甚至認為比爬那些山道有意思。

山上多柏樹、榆樹，鬱鬱蔥蔥的枝葉將夏末的驕陽全數擋去。

岩壁上長滿藤蘿，隨風輕蕩。溪水從岩石上流過，將藤葉沖刷得翠綠欲滴。稍乾處，開著紫色的小花，雖算不上好看，卻十分清新可人。

三月從水裡撈了幾片紫色碎花，笑問：「公子，這種藤叫什麼名字？沒有在別處見過。」

孟珏笑看著岩壁，淡淡說：「野葛。」

待上到山頂，孟珏立在崖邊，眺望四處。

陽光下，綠意一片，只看見盎然的生機，看不到任何陰暗下的腐葉。

三月在灌木中跳來跳去的四處亂轉悠。不一會兒，人已經跑出了老遠。突然，她驚叫了一聲，嚇得六月以為她遇見毒蛇猛獸，趕緊過去，卻見三月呆呆看著前方，喃喃說：「好美！」

高大的榆樹下，一片了無邊際的紫紅花，絢爛、豔麗得如同晚霞落到了地上。

花朵大小不一，大的如大碗公一般，小的只酒盅一般，但形狀都如鐘，微風過處，每一個「鐘」都在輕顫。整片看去，又如仙女披著彩霞，曼妙起舞。

花叢旁的岩石上，時緩、時急流動著的溪水，好似樂神的伴奏。

為了幾朵花，都能叫？六月好笑，「女人！」

三月惡狠狠地要打他，「難道不美嗎？公子，你幫我評評理！」

孟玨靜靜立在他們身後，凝視著眼前的紫紅晚霞，淡淡笑道：「十分美麗。太陽快下山了，我們回去。」

依舊沿著溪流沖刷出的溝壑而行，下山比上山快許多，不大會兒工夫，他們已經回到湖畔。

回程的馬車上，孟玨靠著軟榻，沉沉睡去。

六月放慢了馬速，三月小聲對他說：「公子很久沒安穩睡過了。日後，我們該多叫公子出來轉轉。」

一夜無夢。

孟珏醒來時，未如往日一般立即起身，只望著窗外漸白的天色。

直到日過三竿，三月已經到門外偷偷聽了好幾趟動靜，他才起來。

簡單洗漱後，他就去求見劉弗陵。

劉弗陵有事耽擱，仍在前殿。七喜讓他先去宣室殿等候。

日頭剛過正午，本該十分炎熱，可宣室殿內，花草藤木布局有致，枝繁葉密，把陽光和炎熱都擋在了外面，殿內只餘陣陣幽香，習習陰涼。

雲歌坐在廊簷下，低著頭，打穗子，打一會兒，拆了，重來，再打一會兒，拆了，又重來，笨手笨腳，卻不見她不耐煩。

她眉尖緊蹙，似挽著無數愁，目中卻是柔情無限，帶著甜意。

孟珏進了殿門，立在一角，靜靜看了她許久，她一無所覺，只一遍遍結著穗子。

抹茶從殿內出來，看到孟珏的視線，心中一驚，嚇得話都說不出來。

孟珏的眼光從雲歌身上轉開，笑向抹茶問好，「七喜公公讓下官在此等候皇上。」

抹茶看到孟珏慣常的溫潤儒雅，方釋然，笑道：「孟大人請到正殿內來等吧！」

雲歌卻站了起來，寒著臉說：「孟大人，若有公事稟奏請進，若不是，請離開。」

孟珏道：「我有幾句要緊的話和妳說。」

宮內的事情，歷來是少問少做，孟珏最近進出宣室殿又都是雲歌招呼，從不用別人，所以抹茶見狀，忙躡步退了下去。

雲歌毫不為孟珏所動，冷斥，「出去！」

孟珏快步走到她身側，雲歌怒意滿面，揚聲叫人，想轟了他出去，「富裕！」

孟珏壓低聲音，快速地說：「我已經知道皇上得的是什麼病，三個月內，我保證讓他的病全好。」

富裕匆匆忙忙地從殿後跑出，卻看雲歌表情古怪地呆呆站著，有驚喜、有不能相信，還有悲傷和憤怒。「姑娘？」他試探地叫了一聲。

雲歌對富裕指了指殿外，富裕立即到外邊守著。

雲歌坐了下來，冷冷地說：「你上次答應我，會給皇上治病。可你是怎麼治的？這次我為什麼要相信你？」

孟珏坐到雲歌身側，看著她手中的穗子，淡淡笑著說：「妳既看過記錄穿骨針的書籍，應該知道此針是用來查探疑難雜症的最好工具，只是使用太過兇險，所以漸漸失傳。我用它，並非胡亂使用。何況我上次只答應妳，會給皇上治病，並沒有答應妳如何給他治，何來我不守諾之言？」

孟珏竟然振振有辭，雲歌氣得手直發抖，可想到劉弗陵的病，那口氣只能忍著，「那你這次會如何給皇上治？」

「我會用最好的法子給他治病，有些痛苦是無法避免的，但我會想法盡力減少。」

雲歌帶著緊張，慢慢問道：「你真的能治好皇上的病？」

孟珏非常肯定地說：「雖然要花點工夫，皇上只怕也要吃些苦頭，不過我能治好他。」

煎熬了這麼多日，終於看見了肯定的希望。雲歌眼中淚光隱隱，剎那間的狂喜，讓她差點衝口而出「謝謝」，卻又頓在舌尖，變成了苦澀。

孟玨淡淡問：「我的條件依舊，妳願意守約支付診金嗎？」

雲歌僵了一會兒，默默點頭。

「這是妳自己的選擇。」孟玨似有些疲倦，聲音有些暗沉，「我會遵守今日的諾言，盡心為他治病，妳也一定要守諾。」

雲歌又默默點了點頭，將手中剛結了一小半的同心結，當著孟玨的面，一點、一點的拆掉。

孟玨未再說話，只眼中黑影沉沉。

兩人之間充溢著令人窒息的沉默。

富裕探著腦袋，悄聲說：「姑娘，皇上回來了。」

雲歌走到殿門口，在富裕頭上敲了一下，「回來就回來唄！你幹嘛這麼鬼祟？」

富裕偷瞟了眼孟玨，撓著腦袋，呵呵笑著不說話。

孟玨有些詫異，這個宦官心中的主人不是皇上，竟是雲歌。

進入正殿後，孟玨向劉弗陵奏道：「臣已經知道皇上得的是什麼病，也已經找到了根治的法子。」

聽到這個消息，即使一貫清淡的劉弗陵，在看向雲歌時，眼中也有了抑制不住的喜悅。

他問孟玨：「朕的病是未見過的胸痺嗎？該如何治？大概需要多久能治好？」

孟玨請求道：「臣想單獨向皇上稟奏幾件事情。」

雲歌皺眉，盯向孟玨，孟玨的微笑下，卻有不容置疑的堅持。

劉弗陵點了點頭，准了他的要求。

雲歌在殿外等了一個多時辰，站得腿都痠麻了，才聽到劉弗陵宣人進去，她幾步就衝進了大殿。

劉弗陵依舊清清淡淡，孟玨也依舊溫雅和煦，看著好似和以前一樣，但雲歌覺得他們之間好似突然多了一種以前沒有過的理解和信任，是一種只屬於男人之間的東西，即使以她和劉弗陵的親密，也不是她能分享的。

雲歌心內的那點忐忑反倒放了下來，另有一種異樣的情緒在流動，說不清是驚喜，抑或酸楚，但唯一肯定的就是，孟玨這次肯定會盡全力治好劉弗陵的病。

因為知道病可治，眾人的心情都比往日輕鬆，說話也隨便了很多。

孟玨對于安和雲歌吩咐，「皇上的病雖非胸痺，卻也算胸痺，症狀之一就是血脈不暢，導致心痛。飲食清淡，會有助氣血暢通。治療期間，需要禁口。一切葷腥都不能吃。但每日可以多吃點豆類食物。」

于安忙應：「是。」

孟玨又道：「因為皇上不想讓太醫知道病情，所以明面上的飲食，依舊按照張太醫開的方子執行，忌豬、羊，不忌魚、雞。」

雲歌道：「太醫院的那幫庸醫，剛開始還一窩蜂地議論病情，生怕別人搶功，後來看皇上的病遲遲不能治，個個心怯，唯恐日後掉腦袋，都開始彼此推脫，甚至有人裝病，想避開給皇上診病。

皇上現在就留了兩三個太醫在看病，而正兒八經上心的也就張太醫一人，別人都是一點風險不肯擔，張太醫說什麼，就什麼。你的意思其實也就是讓張太醫在明處給皇上治病，你在暗處治，所以我依然需要給皇上做魚，或者燉雞，障人耳目。」

孟珏點頭，「是，表面上一切都按照張太醫的叮囑。」

雲歌問：「你打算如何治？」

孟珏問于安：「下官起先拜託總管準備的東西，可備好了？」

于安道：「好了。」轉身出去，不一會兒，捧著個木盒子進來，交給孟珏。

孟珏請劉弗陵脫去外衣，躺倒，笑道：「皇上若不愛看，閉上眼睛，不要去想就好了。」

劉弗陵笑說：「難得有機會見見從未見過的東西，閉上眼睛，未免可惜。」

雲歌聽他們說的有意思，湊到孟珏身旁，「上次是一柄長得像大錐子的針，這次是什麼？」

孟珏將盒子放在她眼前，示意她自己揭開看。

雲歌將蓋子打開，太過出乎意料，一聲驚叫，蓋子掉到了地上，忍不住後退了好幾步。

孟珏和劉弗陵都笑起來。

盒子裡面全是灰褐色的蟲子。這個蟲子和別的蟲子還不一樣，一般的蟲子是蠕蠕而動，而這個蟲子一見人打開盒子，立即半支著身子，頭在空中快速地四下擺動，一副饑不可耐、擇人而噬的樣子，看得人心裡麻颼颼的。

雲歌有些惱，「你們都知道裡面是蟲子，還故意讓我去打開。這個蟲子……這個蟲子不是用來吃的吧？」幾分同情地看向劉弗陵。

孟玨道：「不是皇上吃蟲子，是蟲子吃皇上。」

他讓于安幫皇上把袖子挽起，襪子脫去，將手和腳裸露出來。

孟玨用竹鑷子把蟲子一隻隻夾起，挑放到劉弗陵的手指頭、腳趾頭上。

蟲子一見人體，頭立即就貼了上去，身子開始慢慢脹大，顏色也開始變化，從灰褐色，漸漸變成了血紅色。

雲歌看得頻頻皺眉，「牠們在吸血！疼嗎？」

劉弗陵笑著搖搖頭，「不疼。」

孟玨道：「這東西叫水蛭，也叫螞蟥，生在陰暗、潮濕的地方，以吸血為生，在吸血的同時，牠會釋放麻痺成份，讓人感覺不到疼痛，若讓牠鑽進體內，能致人死命。」

雲歌忙說：「于安，你盯著點。」

于安笑著應「好」。

說話的工夫，劉弗陵手上的螞蟥個個都變成了大胖子，一個可有原來的四五個大，雲歌看得直咋舌。

「這些蟲子十分貪婪，一次吸血，最多的可以讓身體變大十倍。」孟玨用酒浸過的竹鑷子，把蟲子一個個夾起，扔到空盒中，又夾了一批灰褐色的螞蟥放到劉弗陵的手指、腳趾上。

雲歌問：「為什麼要讓牠們吸皇上的血？」

孟玨好似忙著手頭的事，顧不上回答，一會兒後才說：「十指連心，手部的血脈與心脈相通，透過螞蟥吸血，可以幫皇上清理心脈，讓血脈通暢。腳上的穴位對應了人的五臟，透過刺激腳上的血脈，對五臟都有好處。」

雲歌似懂非懂地點頭，這種治病方法，她聞所未聞，虧得孟玨能想出來。

「難道以後日日都要被螞蟥吸血？」

孟玨道：「每日早晚各一次，越快清除舊血，就越快生成新血，效果也就越好。」

雲歌有些擔心，「這樣下去，還要忌葷腥，身體受得了嗎？」

劉弗陵忙寬慰雲歌：「生病的人，身體本來就會變弱，只要病能好，日後慢慢調養就成了。」

孟玨說：「我開的湯藥方子會補氣益血。十日後，依照治療效果再定。我還會去挑選一批烏腳雞，用特殊的藥材餵養，必要時，可以適當燉些烏腳雞吃。到時候要麻煩于總管想辦法把烏腳雞悄悄弄進宮中，雲歌妳親手做，不要假手他人。」

于安和雲歌都點頭說：「明白。」

孟玨的治療法子雖然恐怖，但是確有效果。一個多月後，不必依賴針灸，劉弗陵的胸悶、心痛已緩和，雖然還時有發作，可頻率和疼痛程度都比先前大大降低。

病症好轉，已經瞞不過張太醫，可他完全想不明白，這病是如何好轉的，驚疑不定中，不能確認是表相還是真相。

在劉弗陵的暗示下，張太醫當著眾人的面，仍將病情說得十分兇險。

雲歌問孟玨，劉弗陵的病還有多久能澈底好。

孟玨說，三個月內就能疏通心脈，治好心痛，可這只是保命。因為此病由來已久，若想身體恢復如常人，需要長期調養，兩年、三年，甚至更長都有可能。

病漸漸好轉，時間有限，劉弗陵加快了計畫的執行，希望在兩三個月內布置好一切。

他對劉賀和劉詢越發苛刻、嚴厲，將兩人逼得連喝杯茶的工夫都沒有。

朝堂上的官員眼看著皇上的病情越發嚴重，正常的早朝都難繼續，再想到皇上沒有子嗣，個個心頭七上八下，眼睛都盯向了劉賀和劉詢。

劉詢府前，不斷有人求見，他索性關了大門，連看門人都不用，任誰來都是閉門羹。

劉賀則依舊一副繞花蝴蝶的樣子，和誰都嘻嘻哈哈，那些官員常常和劉賀哥倆好的說了半天，說得心頭熱乎乎的，但等劉賀走了，一回味，竟然一句重點都沒有。

眾人都暗自琢磨著霍光的態度，可只看出他對皇上的忠心耿耿。

霍光深居簡出，寡言少語，只每日進宮和皇上商議政事，將大小事情都一一稟奏，但凡皇上交託的，都處理得有條有理。

霍氏子弟在他的約束下，也是各司其職，不理會任何其他事情。

很多官員想試探一下霍光的態度，可旁敲側擊、誘導激將，都不管用。霍光如一口深不見底的井，再大的石頭砸下去，也見不到水花。

劉弗陵日漸惡化的病情，不僅影響著眾多官員之間的關係，劉賀、劉詢、孟玨三人之間也起了變化。

劉賀和劉詢有意無意間，漸漸疏遠。

以前兩人常常一塊商量如何辦皇上吩咐的差事，彼此幫助，彼此照應。你有想不到的，我補充；我有疏忽的，你提點。同心合力，鬥霍光，鬥貪官，鬥權貴，兩人鬥得不亦樂乎！

處理完正事，劉詢還常會帶著劉賀，身著便服，在長安城內尋幽探祕，一個曾是長安城內的游俠客，三教九流都認識，為人豪爽大方，又講義氣；一個雖從小就尊貴無比，卻跳脫不羈、不拘小節，一直嚮往著江湖生活。兩人很多地方不謀而合，相處得十分愉快。

劉賀雖和孟玨早就認識，可孟玨為人外溫內冷，看著近，實則拒人千里之外，又心思深重，從不肯在雜事上浪費工夫，所以若只論性格相投的程度，劉賀倒是覺得劉詢更讓他願意親近。

可現在，兩人偶在一起，說的都是和政事毫不相關的事情，也再沒有一同出外遊玩。

自書房談話後，劉賀又找孟玨問過幾次皇上的病情，「皇上的病真的重到不能治了嗎？」

孟玨從不正面回答，劉賀遂不再問，面上依舊「老三」、「小玨」的笑叫著，可逐漸將身邊的四月師兄妹都調開，貼身服侍的人全換成了昌邑王府的舊人。

劉詢對孟玨倒好似一如往常，時不時會讓許平君下廚，做些家常菜，邀請孟玨過府飲酒、吃飯，孟玨有時間則去，沒時間則推辭，劉詢也不甚在意，反倒許平君日子長了見不到孟玨，會特意做些東西，送到孟玨府上，問一下三月，孟玨近日可好，還會抱怨幾句，老是見不到面，虎兒都要不認識他了。

只是，以前劉詢若在朝堂上碰到什麼棘手的事情，尤其是在對待霍光的問題上，常會問一下孟玨的想法，現在卻再不提及，好似對所有事情都遊刃有餘。

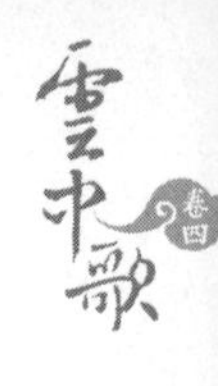


孟玨對這些紛紛擾擾好像一無所覺，對誰都是老樣子，除了幫劉弗陵治病，就在府中種種花草、翻翻詩書，或者在長安城的市集上閒逛，可又不見他買什麼東西，只是隨意走著，偶爾問一下價格。

長安城內烏雲密布，孟玨的日子卻過得十分悠閒、平靜。

光陰如水，無痕而過。

夏天不知不覺中離去，秋天將大地換了新顏。

一日，孟玨幫劉弗陵診完脈後，微笑著對劉弗陵說：「恭喜皇上，皇上的病已經大好，日後只需注意飲食，適量運動，悉心調理就可以了。」

一瞬間，雲歌竟不敢相信。

好了？真的好了？

她從夏初知道陵哥哥得病到現在，這期間所經歷的折磨、恐懼、絕望，非言語能述，一切的噩夢都已經過去了？

于安也是愣愣，問道：「皇上的病真全好了？」

孟玨請于安傳張太醫進來。

張太醫替皇上把脈，察舌，又用金針探穴，喜色越來越重，最後不能置信地笑給劉弗陵磕頭：

「恭喜皇上，恭喜皇上！」

劉弗陵心頭的巨石終於徹底落下，看向雲歌，眼中有激動、欣喜、希冀，黑眸燦若星河。

雲歌笑意滿面，眼中卻怔怔落下淚來。

劉弗陵第一次在人前露了情緒，眼中帶憐，聲音暗啞，「這段日子讓妳受苦了。」

雲歌只定定看著他，不能作答。

孟玨淡淡掃了雲歌一眼，垂目端坐。

于安將眼角的濕意，匆匆抹去，笑捧了絹帕給雲歌，「雖然這是喜淚，可奴才還是巴望著姑娘笑口常開。」

雲歌低著頭，將眼淚擦去，心內百味雜陳，是真開心，可也是真苦澀，歡喜、痛苦竟能並聚。她好不容易收攏心神，將一切情緒都藏入心底，才敢抬頭，聽到孟玨正對張太醫和于安說如何照顧劉弗陵的身子，忙凝神細聽。

「……久病剛好的身子，內虛更勝病時，此時飲食一定要當心，起居也一定要當心，務必要一切都上心，萬萬不可大意。」

于安點頭，「奴才明白，皇上此時就如，一個人剛用盡全力將敵人打跑，敵人雖然被打走了，可自己的力量也用盡了，正是舊勁全失，新勁還未生的時刻。」于安還有半句話未說，這種時候，全無反抗力，若有意外，兇險比先前和敵人搏鬥時更可怕。

孟玨點頭，「于總管心裡明白就好。皇上的日常飲食，還是由下官擬定，于總管要親自負責。」

劉弗陵卻沒有聽他們說什麼，他一直都盯著雲歌，眼中有疑惑。

雲歌側眸間，對上他的視線，不敢面對，可更不敢逃避，只能用盡力氣，盈盈而笑。

孟玨的視線從雲歌臉上掠過，看向了劉弗陵，「皇上要注意休養，不要晚睡，也儘量不要太過操心勞神。」

劉弗陵將疑惑暫且按下，移開了視線，對孟玨說：「朕一直都是個好病人，大夫吩咐什麼，朕做什麼。」

雲歌身上的壓迫驟去，如果劉弗陵再多盯一瞬，她的笑只怕當場就會崩潰。

劉弗陵對張太醫和孟玨道：「朕還有些事情，要和二位商議。」

兩人都說：「不敢，請皇上吩咐。」

「關於朕的病，兩位幫我想個法子，在外症上要瞞住……」

雲歌疲憊不堪，再支撐不住，對于安打了個手勢，悄悄退出了大殿。

回到自己的屋子，她將孟玨給的香屑往熏爐裡丟了一大把，把自己扔到了榻上。

孟玨是在知道劉弗陵病後，給她新配的香屑，所以特意加強了凝神安眠的作用，雲歌雖思慮重重，但在熏香中，還是沉沉睡了過去。

劉弗陵安排妥當他「重病難起」的事情後，已到初更。

來尋雲歌時，看到她和衣而睡，他自捨不得將她叫醒，只幫雲歌掖好被子，在榻邊坐了會後悄悄離去。

劉弗陵雖知道雲歌有事瞞著他，可朝堂上的計畫正進行到最關鍵時刻，百事纏身，偶有時機，又不願逼迫雲歌，他更想等雲歌自願說出來。

劉弗陵的病真正好了，雲歌心內卻是一時喜，一時憂。

不知道孟玨究竟怎麼想，又會要她什麼時候兌現諾言。但想來，她和陵哥哥應該還會有一段日子，不管怎麼樣，至少要等「新勁」已生、心神俱堅時，她才敢把一切告訴陵哥哥。

「雲歌，發什麼呆呢？」許平君的手在雲歌眼前上下晃。

雲歌「呀」的一聲驚呼，笑叫：「姐姐，妳怎麼進宮了？」

「哼！我怎麼進宮？幾個月不見，妳可有想過我一點半點？」

這幾個月的日子……

雲歌抱歉地苦笑，她的確從沒有想過許平君，甚至可以說什麼都沒有想過，什麼都不敢想。

許平君心頭真生了幾分怨怪，「枉我日日惦記著妳，虎兒剛開始學說話，就教他叫『姑姑』，現在『姑姑』叫得已經十分溜，可姑姑卻從來沒想過這個侄兒。給妳的！」許平君將一個香囊扔到雲歌身上，轉身想走。

雲歌忙拽住她，「好姐姐，是我不好，從今日起，我每天想妳和虎兒一百遍，把以前沒想的都補上。」

許平君想到暗中傳聞的皇上的病，再看到雲歌消瘦的樣子，心裡一酸，氣也就全消了。

雲歌手中的香囊，用了上等宮錦縫製，未繡花葉植物和小獸，卻極具慧心地用金銀雙線繡了一首詩在上面。

「清素景兮泛洪波，揮纖手兮折芰荷。涼風淒淒揚棹歌，雲光曙開月低河。」雄渾有力的小篆，配以女子多情溫婉的繡工，風流有，婉約有，別致更有。

雲歌喜歡得不得了，立即就繫到了腰上，「大哥好字，姐姐好繡工，太漂亮了！」

許平君學著雲歌的聲音說話：「最最重要的是有我『陵哥哥』的好詩！」

雲歌哭笑不得，「天哪！妳是做娘的人嗎？怎的一點正經都沒有？」

嘲笑歸嘲笑，許平君看雲歌如此喜歡她做的香囊，心裡其實十分高興，「去年七夕給妳做了個荷包，當時覺得還不錯，現在想來做得太粗糙了，今年這個香囊，我可是費了心思琢磨的。這裡面的香也是讓妳大哥特意去找人弄的，妳聞聞！」

雲歌點頭，「嗯，真好聞！」

「本來想七夕的時候送給妳的，可妳大哥說，妳不可能出宮來和我一塊乞巧，所以直到現在才有機會送到妳手裡。」

雲歌討好地摟住許平君，「謝謝姐姐。唉！姐姐繡的東西太好看了，我都看不上別人繡的了，以後如何是好？」

許平君氣笑：「妳個無賴！反正我如今整日閒著，妳想要什麼東西就讓妳大哥帶話給我，我做給妳就是了。」

雲歌重重「嗯」了一聲，擺弄著香囊，心頭甜滋滋的。

許平君以前對她還有幾分提防、懷疑，可自她重回長安，不知道為什麼，一切就變了，許平君待她真的如同待親妹子，只有疼和寵，沒有絲毫不信任。

現在心頭的這種快樂，不似男女之情濃烈醉人，卻給人如沐季春陽光的溫暖，淡然而悠長。

許平君陪雲歌說了會話後，因為還要去給皇后請安，只能依依不捨地辭別，臨走前，頻頻叮囑雲歌照顧好自己。

雲歌用力點頭。

晚上，劉弗陵一回來，雲歌就在他面前轉了一圈，得意地問：「我的香囊好看嗎？」

劉弗陵問：「誰做給妳的？」

雲歌脖子一梗，大聲說：「我自己做給自己的，不行嗎？」

雲歌的女紅？劉弗陵失笑，拿起細看了一眼，見到是自己的詩，有意外之喜，「這是劉詢的字。妳的許姐姐很為妳花功夫，想把字的風骨繡出來，可比繡花草難。」

雲歌洩氣，安慰自己，「我菜做得很好吃，不會女紅，也沒有關係。」

劉弗陵笑說：「我不會嫌棄妳的。」

「哼！」雲歌匆匆扭轉了身子，眼中有濕意，語氣卻仍然是俏皮的，「誰怕你嫌棄？」

三日後。

劉弗陵在正殿「勉力」接見朝臣，楊敞和杜延年不知為何事起了爭執，當堂鬧吵，一個罵對方是「豎子」，一個罵對方是「豎儒」，一個罵「無知」，一個罵「酸腐」。

雲歌在廂殿聽到他們嗆嗆呼呼，引經據典，吵得不可開交，不禁跑出來，躲到門口去看熱鬧。以前聽聞高祖皇帝的朝堂上，大臣們經常吵架，一旦吵急了，大打出手都十分正常。都是開國的功臣，高祖皇帝也勸不住，只能由著他們去吵、去打，實在忍無可忍，頂多偷偷溜走。雲歌曾經還覺得驚訝，如今看到楊敞和杜延年，臉紅脖子粗的樣子，才真正明白了幾分漢朝官員的「剽悍」風格。

嗯！難怪漢人看著斯文，卻打得匈奴節節敗退！

大殿內的官員都不為所動，有人嘻嘻笑著，有人閉目沉思，有人勸了幾句，結果反被楊敞和杜延年齊齊開口唾罵，喝命他「閉嘴」，眾人再不吭聲，由著丞相大人和太僕右曹大人繼續對罵。劉弗陵側躺在榻上，好似在傾聽二人的罵語，實際全未在意，反倒在冷眼觀察著霍光、劉詢、劉賀三人的微妙反應。

可是不知道為什麼，他突然之間就覺得心裡越來越煩躁，吵架的聲音好似越變越大，就響在他的耳邊，如雷鳴一般，震得他腦裡嗡嗡轟鳴。

心頭的一股氣脹得胸間馬上就要爆炸，他驀地坐起，大叫了聲，「閉嘴！」話剛說完，一口鮮血噴出，人直直向後倒去，摔在榻上。

大殿內迅即啞寂無聲，針落可聞。

雲歌呆了一瞬後想，陵哥哥在演戲？很逼真呀！不知道是孟玨想出來的法子，還是陵哥哥想出來的法子？

于安臉色煞白，跪在劉弗陵身邊，高聲叫：「太醫！太醫！快傳太醫！」轉而又對七喜低聲吩咐了句話。

七喜臉色蒼白地跑出來，雲歌問：「你去哪裡？」

七喜說：「去請孟大人。」

雲歌腦袋「嗡」的一下炸開，不顧殿內還有朝臣，就衝到了榻旁，「皇上，皇上！」

劉弗陵臉色青紫，四肢痙攣，沒有任何反應。

所有的朝臣都亂了套，又是哭，又是叫，又是四處觀望，焦急地等著太醫來判斷吉凶。

霍光一聲斷喝，眾人安靜了下來，「皇上只是暈過去了，沒什麼大礙，你們都先回去，有什麼事情以後再奏。」

還有不甘心，想湊到榻前探看的大臣，被霍光的眼鋒一掃，又忙退了回去。

眾人一步一回頭地退出了大殿。

于安一邊掐著劉弗陵的人中，一邊對霍光道謝，「多謝大人！」

雲歌手足冰涼，看到霍光的眼鋒，想到他剛才一聲斷喝，無人不從的威嚴，更覺心頭透涼。

知道霍光不聽到太醫的診斷，肯定不會離開，她驀地開口，「皇上肯定希望有親人陪伴，請王爺和侯爺留步。」

劉賀和劉詢都停了腳步。

于安朝雲歌微微點了點頭，讚她想得周到。

幾個太醫跌跌撞撞地跑了進來，有的剛探完脈，話還沒有說，先哭了起來，別的也是面如死

灰，聲都不敢吭，只俯在榻前磕頭。

霍光淡淡哼了一聲，幾個哭的太醫，立即收聲，戰戰兢兢地又去給皇上把脈。

雲歌心若寒冰，卻一遍遍告訴自己，不可能，絕對不可能，孟珏和張太醫都說了，陵哥哥的病已好。

張太醫因為人在藥房，晚來了一步，此時才趕到。

眾位太醫看到他，如見救星，立即讓了開去。

張太醫診完脈，整個人都在抖，喃喃對雲歌和于安說：「沒有道理！沒有道理！怎麼會這樣？怎麼會這樣？」

雲歌知道此時不是哭泣的時刻，強壓著心內各種情緒，對張太醫說：「太醫需要施針嗎？或者其他法子？要不要我們都退下去，讓太醫能專心診治？」

張太醫清醒過來，轉身對霍光、劉賀、劉詢說：「求霍大人，王爺、侯爺迴避，下官要為皇上施針。」

幾個太醫如蒙大赦，紛紛說：「對，對！施針要絕對安靜，臣等告退。」

霍光已經得到自己想知道的結果，掃了眼雲歌，對劉弗陵磕頭：「臣告退！」

屋內的所有人都退了出去。

張太醫匆匆扎針，先護住劉弗陵的心脈。做完這些，他也不知道該怎麼辦，只能靜等孟珏。

孟珏到時，身上的官袍都是歪歪斜斜的，可見匆匆披上，連整理的時間都沒有。

「都讓開！」

眾人立即走開。

「金針！」

張太醫立即遞上。

一瞬間，孟玨就用去了七十二根金針，劉弗陵痙攣的四肢，慢慢平穩，臉上的青紫也漸漸褪去，雖然臉色仍然慘白，可至少比青紫看著好一些了。

雲歌心頭亂跳，不自覺地往榻邊湊了湊，想看清楚陵哥哥有沒有好一點。

孟玨眉頭一皺，看向雲歌，視線在她身上掃了一圈後，他的眼睛驟然黑沉，怒氣凜凜，殺意森森，「滾出去！」

雲歌往後退，「我，我……對不起！」

孟玨的聲音如割骨的刀刃，「妳知道不知道，我現在插的都是死穴？誰讓妳靠近？妳又是他的什麼人？龍榻旁有妳站的地方嗎？于安，立即讓她出去！」

于安為難地不知道該說什麼，雲歌已經向大殿外急速退去，「我走多遠都行，只要你能救他！」

孟玨盯著榻上的劉弗陵，一聲不吭，常帶的三分微笑，早已蕩然無存，面色沉寂中帶著透骨的寒意。

張太醫期期艾艾地問：「孟大人，為什麼會這樣？明明已經好了呀！」

劉弗陵此時緩緩睜開了眼睛，看到孟玨，竟是微微一笑，「我太無能！要讓你的一番苦心全都白費了！」

孟玨淡淡笑開，溫潤下浮著濃濃的苦澀，「我會再想辦法。」

劉弗陵對于安輕抬了抬手，于安立即和張太醫退出了大殿。

孟玨將劉弗陵身上的針一根根拔去。

劉弗陵問：「我還有多少時間？」

孟玨沉默了一會兒後，淡淡說：「如果臣想不出別的法子，長則四五個月，短則隨時。」

劉弗陵微微而笑：「也就是說，下一次心痛時，也許就不會再醒來。」

孟玨沒有吭聲。

劉弗陵怔怔地看著天頂，神情中透出了難言的苦澀，這一生的願望終是實現不了了。他忽地掙扎著想要坐起來，孟玨忙去按住他，「皇上剛甦醒，還不方便行動，有什麼事情，吩咐臣去做就可以了。」

劉弗陵不顧孟玨反對，硬是坐了起來，對著孟玨就要行禮，孟玨大驚，叫道：「皇上！」話剛出口，心內突然反應過來劉弗陵如此做的原因。

他跪到了劉弗陵榻前，「皇上不必如此，若雲歌日後問起，臣就說是臣醫術低微，最終沒有治好皇上的病。」

劉弗陵道：「她是個執念很重的人，若讓她知道事情真相，我……我實在不能放心離開，所以只能委屈你了，這就算是你替月生還的恩，從此後我們兩不相欠。」

孟玨應道：「好！我沒有治好你的病，就用這件事情充數了，從此兩不相欠。」

劉弗陵無力地抬了抬手，讓孟玨起來，指了指龍榻，示意他坐。

孟玨毫無惶恐之色地坐到了榻上。

劉弗陵問：「我們已經小心謹慎到不可能再小心謹慎，這次他又是如何做到的？」

孟珏沉默著沒有說話，好半晌後，在劉弗陵掌上寫了兩個字，劉弗陵一下慘笑起來。

孟珏眼內寒意瀲瀲。

劉弗陵心智並非常人，一瞬後，初聞消息的震驚就全部消散，平靜地對孟珏說：「你我已經兩不相欠，你的約束也已經全無，可以想怎麼做就怎麼做了，但是，作為一個普通朋友，我給你的建議是隔岸觀火。不管誰登基，到時候都離不開你，如果參與，把你的家底都搭進去，也許還落個一敗塗地。」

「皇上？」

他竟然還是這句話？孟珏眼內先是震驚，漸漸轉成了理解，最後變得十分複雜，不知道是敬佩，還是憐憫。

「看上去你和劉賀要更近一些，其實，也不會比劉詢更近。劉賀和你之間的芥蒂由來已久，月生的死，不管你是怎麼想的，劉賀卻一直認定你在介意，聽聞他把四月支出了宮，看來他並不相信月生幫他訓練的人。只是紅衣怎麼還在他身邊？」

孟珏道：「劉賀還不知道紅衣是二哥的妹妹。」

月生為了尋找幼時被父母賣掉的妹妹，尋到了昌邑王府，卻不料看到紅衣變成了啞巴，他對王府的恨應該非同一般。懷著私心，他想方設法地進入了王府。從滿腔恨意，到獲得劉賀信任，幫王府訓練刺客、侍衛，最後竟和劉賀成了莫逆之交，這中間的是非曲折、驚心動魄，就連孟珏也不能盡知。

「聽聞毒啞紅衣的老王妃死得也很痛苦，二哥的恨估計全變成了無奈。再加上紅衣她對劉賀……」孟珏輕嘆了口氣，「劉賀不是不相信二哥訓練的人，他只是不相信我。不過，他的確不該相信我，如果必要，我確實會利用四月打探他的行動。」

劉弗陵對孟珏的「真小人」有幾分欣賞，「在長安城這個朝堂上，沒有任何人能相信任何人。霍光連他的親兒子都不敢相信。」

孟珏笑說：「這個『不相信』也十分正確，否則霍光的一舉一動，劉賀早就探聽清楚了，他自進長安城，在霍禹、霍山身上沒少花工夫。」

劉弗陵道：「我有些累了，你下去吧！先讓于安進來，不要讓雲歌進來。」

孟珏猜到他的心意，應了聲「是」，退出殿堂，對于安說：「皇上已經醒了，詔總管進去。」于安忙進了大殿。

雲歌也想跟進去，被孟珏攔住。

雲歌直盯著孟珏，眼內有溺水之人抓住木塊的希冀。

可是如今，我也只是一根稻草——孟珏垂目，淡淡地看著雲歌身上掛著的香囊，雖然看不周全，可也能猜出上面繡了什麼詩。

雲歌看他盯著香囊，囁嚅著說：「不是我自己做的，我以後不會再戴了。」

孟珏淡淡一笑，沒有說話。

雲歌問：「皇上的病不要緊吧？」

孟珏微笑著說：「不要緊。」

雲歌將信將疑，卻又盼著孟玨說的話全是真的。

于安在殿內叫雲歌，雲歌拔腳就要走，不料孟玨抬臂一擋，她撞到孟玨身上，被孟玨半抱在了懷中。

雲歌情急，卻不敢說重話，軟語問：「你還有話要說嗎？」

孟玨放開了她，「沒有，妳去吧！」

話音剛落，雲歌人已經飄進大殿。

孟玨望著旋即而逝的羅裙，唇畔是若有若無的譏笑，眼內卻藏著深重的哀惘。

宣室殿外一側的青磚道旁，種植了不少楓槭。

已是深秋，一眼望去，只看半天紅豔，芳華璀璨，再被夕陽的金輝渲染，更添了一分豔麗，三分喧鬧，直壓過二月的嬌花。

孟玨一襲錦袍，徐徐而行。夕陽、楓葉、晚霞暈染得他周身也帶上了溫暖的層層紅暈。

秋風吹過，枝頭的葉子簌簌而落，腳踩到地面的落葉上，沙沙作響。

地上全枯、半枯、剛落的葉子鋪疊一起，絢麗斑斕中透出了蕭索、頹敗。

# 第三十八章 髮結夫妻

他低下頭挽起雲歌的一截衣裙，和自己的衣袍精心打了死結，又挽起雲歌的一縷青絲，和自己的一縷黑髮結到一塊。

抬頭時，他微笑著握住雲歌的手，

「天地為憑，星辰為媒，妳是我今生今世唯一的妻。」

劉弗陵命于安幫他換過衣服，又擦了把臉，將儀容收拾整齊。

雲歌進去時，只看他坐在案後，除了面色有些蒼白，看著反比前幾日更精神。

雲歌心中未有喜悅，反倒「咯登」一下，本來想問的話，突然都不想再問了，如果這就是他想讓她知道的，那麼她就只知道這些吧。

她安靜地坐到他身側，抱住了他，頭窩在他的頸窩。

劉弗陵輕撫著她的頭髮，微笑著說：「等我把手頭的事情處理一下，我們就去驪山。天寒地凍中泡溫泉，別有一番滋味。去年妳身上有傷，又在和我鬧彆扭，所以身在驪山，卻沒有帶妳去溫泉宮住過。」

雲歌笑：「不說自己是個大騙子，反倒說我和你鬧彆扭。」

如果當年，他將身分、姓名直言相告，一切會如何？

他們是否就沒有了那麼多錯過？只怕不是。

雲歌會知道他在一年後，就違背諾言，娶了上官小妹。她也許根本不會來長安，就不會遇見孟玨，她也許會認識草原上的鷹，兩人結伴飛翔。

如果真是那樣，肯定比現在好。

雲歌看劉弗陵一直不說話，問道：「陵哥哥，你在想什麼？」

「我在想，人不能說假話。」

張太醫仍常常來探看劉弗陵的病情，可劉弗陵並不怎麼讓他診脈，有時，實在禁不住于安和張太醫的哀求，才會讓他看一下。張太醫診斷後，只有沉默。

孟玨來的次數不多，每次來都是給劉弗陵送藥，查探完他的身體後，也是不發一言。

以前，劉弗陵常和雲歌商量，等離開長安後會做什麼，可現在，他再不提起。雲歌也不說這些事情，他們之間最遠的計畫只是驪山之行。

劉弗陵不再上朝，每日只點名見幾個官員，但仍然有忙不完的事情。

一日。

張太醫給皇上看完病出來，雲歌請他停步，說幾句話。

自從皇上的病復發，雲歌從未單獨問過他皇上的病情，張太醫也很怕她會問，想尋藉口逃避，雲歌卻緊追不捨，張太醫只能停下腳步。不料雲歌並沒有問他皇上的病情。

她表面看上去十分鎮定，面頰卻是暈紅，「張太醫，有一事相詢。皇上他……他可能行房事？會影響病情嗎？」

張太醫呆了一呆，實話實說：「可以。不會影響病情，不過不可頻繁。適當的房事，陰陽調和，令人心神放鬆，也許還對皇上有好處。」

雲歌輕輕說了聲，「謝謝。」轉身離去。

張太醫看著她的背影，長長嘆了口氣。

晚上。

劉弗陵已經睡著，忽覺得有人站在榻前。他睡眠本就淺，立即醒來。

「雲歌，怎麼了？」

「我睡不著。」

「用孟玨給妳做的香了嗎？」

深秋的夜晚，已經很涼，劉弗陵怕她凍著，匆匆把被子拉開，讓了塊地方給她。

雲歌滑進被窩，躺到了他身側。

劉弗陵這才發覺她竟只穿了一件薄薄的綢衫，沒好氣地說：「妳就不能披件衣服再過來？」

雲歌的身子微微有些抖，劉弗陵以為她冷，忙把被子裹緊了些，擁著她，想用自己身上的暖意趕緊替她把寒意驅走。

雲歌在他身側躺了會兒，開始不安分起來，像擰麻花一樣，不停地動來動去。劉弗陵頭疼，「雲歌，怎麼了？妳老是動來動去，當然睡不著。」

雲歌不說話，只是挨著劉弗陵的身子蹭來蹭去，劉弗陵突然擔心起來，半支起身子問：「雲歌，妳是不是哪裡不舒服？我讓于安傳太醫。」

「啊！」

雲歌突然大叫一聲，一把推開了劉弗陵，似乎十分氣惱，用力捶著榻。

劉弗陵一頭霧水，腦子裡面已經前前後後繞了十八道彎，就是面對霍光，只怕這會兒也繞明白了，卻仍然沒有明白雲歌為何會這樣，「雲歌，發生了什麼事？」

雲歌用手掩面，長嘆息！

劉弗陵不再說話，只靜靜看著她。

雲歌挫敗後的羞惱漸漸平息，她轉身側躺，和劉弗陵臉臉相對，「你真是個木頭！」

「嗯？」

劉弗陵的疑惑未完，雲歌的唇就落在了他的唇上。

他心中巨震，身子僵硬。

雲歌的唇在他唇畔溫柔的輾轉，一點點誘惑著他的反應。

他終於開始回應她的溫柔，剛開始是小心翼翼的笨拙，只是在回應她，漸漸地，一切都成了本能，變成他在索取。

這本就是他等了多年的纏綿，一經釋放，迅速燃燒。雲歌不知道何時，早忘了初衷，腦中一片空白，身子綿軟欲飛，只知道緊緊地抱著他。

劉弗陵的吻從雲歌唇上緩緩下移，溫柔地吻過她的臉頰、下巴，在她的頸邊逗留，最後在她的鎖骨上重重印了一吻後，驀地停了下來。他將雲歌緊緊抱在懷裡，卻只是抱著。

雲歌茫然若失，輕聲叫：「陵哥哥？」

劉弗陵聲音沙啞，「不許再鬧了，好好睡覺。」

雲歌不依，在他懷裡扭來扭去。

已經明白雲歌意思的劉弗陵，只覺得如抱了個火炭。

薄薄的綢衣，未把誘惑隔開，反倒在蹭磨間，更添了一重若隱若現、若即若離的魅惑。

雲歌卻壓根不知道自己的身子早已經將一切點燃，還一臉沮喪的不肯甘休，唇湊到他耳旁，輕輕去吻他的耳垂。

劉弗陵忽地坐起來，用被子把雲歌一裹，抱著「被子捲」就向廂殿行去。

雲歌一邊掙扎，一邊破口大罵，「臭木頭，放我下來，放我下來！」

劉弗陵把雲歌扔到她的榻上，對聞聲趕來的于安和抹茶說：「看著她！天明前，不許她下榻！」說完，匆匆返身回寢宮。

雲歌在他身後大叫：「臭木頭，這事沒完！」

劉弗陵卻理都不理她，揚長而去。

「啊——」雲歌握著拳頭大叫，滿面漲紅，泫然欲涕。

于安和抹茶面面相覷，不知道究竟發生了什麼。

雲歌的確是個從不食言的人，她說沒完，就肯定沒完。

劉弗陵的頭疼與日俱增。

雲歌對男女之事半通半不通，也沒有人請教，卻深諳書中自有一切。宮中收錄的祕書都被她翻了出來，今天羽衣，明天霓裳，一天一個花招，不達目的誓不甘休。

于安漸漸看出了名堂，差點笑破肚皮，於是更多了一個人添亂。于安總有意無意地幫雲歌製造機會，樂見其成。

劉弗陵有一種很荒唐的感覺，覺得宣室殿的人看他像看一隻白兔，人人都盼望著雲歌這隻狼趕緊把他吃了。

晚上，雲歌剛一晃一晃地走進寢宮，劉弗陵就站了起來，「今天晚上秋高氣爽，不如去太液池划船玩。」實際原因是，他實在不敢和雲歌再在一個屋裡待下去。

雲歌斜睨著眼睛看他，考慮了一瞬，點點頭，「好吧！」

劉弗陵只盼著遊完船後，雲歌能累得倒頭就睡，不要再折騰了。

于安命人將木蘭舟放入湖中。

雲歌和劉弗陵一人拿著一根槳，把船盪了出去。

平常，雲歌都會有很多話，劉弗陵若有時間陪她玩，興奮之下，她的話就更多，可這會兒，不知道是不是因為腦子裡琢磨一些別的事情，話反倒少了。

兩個人安安靜靜地並肩坐在船上。

秋風拂面，夜色清涼，雲歌想到這幾日的行為，忽覺得有一種說不清楚的羞赧和難過。

兩人一直划到了湖中心，雲歌都只是默默划船，一句話不說。

時不時，會有幾點螢光翩躚而來，繞著他們飛翔，閃爍幾下後，又在槳聲中離去。

螢光明滅中，垂首而坐的雲歌，忽而清晰，忽而模糊，不見白日的嘻嘻哈哈，只覺她眼角、眉梢都是心事。

兩人不知不覺地都停了槳，任由水流輕搖著船。

雲歌仰躺在船板上，望著天上密布的星斗，呆呆出神。

劉弗陵躺到她身側，也看向了天空。

夜幕四下籠罩，星辰低垂，有將人包裹其中的感覺。

水面如鏡，映照著上方的蒼穹，彷彿是另一個天幕，其上也有群星閃耀，與上方星辰交相輝映。

抬頭，是星光燦爛；低頭，還是星光燦爛；中間，還有無數螢火蟲的熒熒光芒，也是星光燦爛。

迷離撲朔，讓人生出置身碧空星河的感覺。

雲歌喃喃說：「我以為我已經看盡世間的星辰景色，沒料到竟還有沒賞過的景致。」她不自覺地往劉弗陵身旁靠了下，劉弗陵退了退，雲歌又靠了一點，劉弗陵又退了一點，身子緊貼在船舷上。

雲歌並無別的意思，見他如此，心內難受，「我是洪水猛獸嗎？我只是想靠著你的肩膀。」一轉身，背對著他，面朝船舷，靜靜而臥。

劉弗陵心內傷痛，去抱雲歌，入懷的人兒身子輕顫，「雲歌，妳不是洪水猛獸，是我不能……」劉弗陵語滯，是我不能要妳，不敢要妳，因為我不能許妳將來。

雲歌問：「不能什麼？」

好一會兒後，劉弗陵輕聲說：「現在不能，這件事情應該等到洞房花燭日。妳的夫君會把妳的紅蓋頭挑落，他會陪著妳走一生，照顧妳一生。」

雲歌眼中有了淚珠，「我的夫君不就是你嗎？」

劉弗陵不能出聲。

雲歌擦乾眼淚，轉身盯著他，「你不肯娶我嗎？」

「我當然肯。」

雲歌拿起他的袍角，和自己的裙角綁到一起，又想把自己的一縷頭髮和劉弗陵的繫到一塊，「天為證，水為媒，星做盟，螢火蟲是我們賓客。今夜起，你我就是結髮夫妻。」

劉弗陵強笑著按住了雲歌的手，「雲歌，不要胡鬧！」

「我哪裡胡鬧了？你剛說過你肯娶我，而我願意嫁你，你情我願，哪裡有胡鬧？再好的洞房，好得過今夜的天地、星河嗎？再美的花燭，美得過今夜的螢光嗎？」

劉弗陵去解兩人綁在一起的衣袍，「夜已很深，我明日還有事情要做，該回去歇息了。」

雲歌去拽他的胳膊，想阻止他解開兩人的「糾結」，卻扭不過他的力道，眼看著劉弗陵就要解開交纏的結，雲歌急得索性整個人賴到他懷裡，抱住了他，兩人的身子糾纏到一起。

一個用力推，一個拚命抱，船劇烈地搖晃起來，劉弗陵說：「快放手，妳再胡鬧，船要翻了。」

「翻就翻，大不了一塊淹死。」雲歌不但沒有鬆力，反倒抱得更緊。

劉弗陵不敢再推她，只能由她去，船的晃動漸漸平息。

水天茫茫，竟是逃無可逃！劉弗陵這才知道，他提議來划船，絕對是個錯誤。

雲歌很溫柔地說：「你叫我一聲『娘子』，或者『夫人』，好不好？」

劉弗陵哭笑不得，雲歌是變盡了法子，逼著他承認兩人已經「成婚」，索性閉起眼睛，不再理會雲歌。她鬧累了，自然會回去。

雲歌趴在他身上，輕輕吻了下他的眼睛，他沒有反應，又輕輕吻了下他的另一隻眼睛，他仍沒有反應。

她吻過他的每一個五官，最後在他唇畔流連不去，每一次的觸碰都傾訴著愛戀，每一次的輾轉也都訴說著愛戀。

他的身體漸漸在背叛他的理智，他努力去想著霍光、劉詢、劉賀，可最終發現，他們在他的腦海中漸漸模糊，最後只有一個綠衣女子，一笑一嗔，一怒一喜，在他心頭越發分明。

雲歌使盡花招，他卻一無反應，不禁在他唇上重重咬了一下，宣洩著恨意。

他無聲的嘆息，猛地伸臂，一個反身將她壓在了身下，深深地吻住了她。

纏綿的親吻，溫柔的眷念，彼此的愛戀，在唇齒間交融。

他帶著她飛翔，卻在剛剛升起時，又停了下來。

他的吻落在她的鎖骨處，不肯再前進。

雲歌這幾日看了不少「淫書豔圖」，已非第一日的茫然不解，她能感覺到他身體的欲望，伸手去解他的衣袍，「陵哥哥，我已經是你的妻子。」

劉弗陵打開了她的手，「雲歌，不行！」

雲歌眼中有淚，開始解自己的衣衫，「劉弗陵，我就要做你的妻子，就要做！就要做！就要做！不管一年，一個月，還是就一天！你為什麼不懂？我不要天長地久，我不要白頭偕老，我只要我們在一起時，真正活過，真正彼此擁有過。你是不是怕你要了我後，將來就沒有人要我了？你放心！我肯定能找到人娶我，他若因此看輕我，這種男人不要也罷！」雲歌的淚珠簌簌而落，衣衫半褪，劉弗陵握住她的手，眼中有痛楚、有眷念，兩人之間不敢面對的話題，被雲歌攤在了眼前。

雲歌，不是我不懂，是妳不懂。我在妳生命中留下的印記越少，妳將來才會越容易遺忘。

劉弗陵幫雲歌拉攏衣衫，淡淡說：「男人不喜歡太主動的女人。」

雲歌盯著他的眼睛，「你騙人！你在擔心什麼？你怕我忘不掉你？陵哥哥，身體的印記和靈魂的印記哪個更重？如果你希望我忘記你，我會忘記的。」雲歌的淚滴在他手上，「有人活到九十，卻沒有快活過一日，有人只活到十九，卻真正快活過，我寧願要後者。」

雲歌的淚珠若有千斤重，打得他的手再無力氣。

雲歌輕聲說：「陵哥哥，從我懂事起，我的心願就是做你的妻子，你非要讓我心願成空嗎？你老是想著明日的事情，卻忘記了今日正在讓我落淚，為什麼不能讓我現在幸福呢？你能給我現在的快樂，你還能給我很多、很多快樂，你為什麼不願意呢？」

劉弗陵心頭一震，手緩緩鬆開。

雲歌的淚珠沿著臉頰滑落，如同斷線的珍珠，一顆顆，又密又急。他徐徐伸手接住，在雲歌淒婉、哀求的眼神中，他眼中也有了濕意。

他低下頭挽起雲歌的一截衣裙，和自己的衣袍精心打了死結，牢牢繫到了一起，又挽起雲歌的一縷青絲，和自己的一縷黑髮結到了一塊。

抬頭時，他微笑著握住雲歌的手，「天地為憑，星辰為媒，妳是我今生今世唯一的妻。」

雲歌破顏為笑，剎那間，令滿天星辰失色。

羅帶輕分，雲裳暗解。

黑夜如酒，銀河如洗。

空氣清涼，但他們的相擁相抱，溫暖異常。

他的進入，緩慢、笨拙，卻輕柔、迷醉。

似水的年華在這一刻停滯。

天上星光璀璨，水中星光搖曳，半空螢光閃爍。

船兒搖晃，時緩時急，一圈圈的水暈盪開，光華氤氳，若水天同舞，星辰共醉。

——雲中歌〔卷四〕心繫半生願　卷終

茶蘼坊 16

作　　者　桐　華

總 編 輯　張瑩瑩
副總編輯　蔡麗真

責任編輯　吳季倫
校　　對　仙境工作室
美術設計　yuying
封面設計　周家瑤
行銷企畫　黃煜智、黃怡婷

社　　長　郭重興
發行人兼出版總監　曾大福
出　　版　野人文化股份有限公司
發　　行　遠足文化事業股份有限公司
地址：231新北市新店區民權路108-2號9樓
電話：（02）2218-1417　傳真：（02）8667-1065
電子信箱：service@bookrep.com.tw
網址：www.bookrep.com.tw
郵撥帳號：19504465遠足文化事業股份有限公司
客服專線：0800-221-029
法律顧問　華洋法律事務所 蘇文生律師
印　　製　成陽印刷股份有限公司
初　　版　2012年1月　初版3刷　2014年6月

定　　價　220元
ISBN　978-986-6158-68-1　有著作權　侵害必究
歡迎團體訂購，另有優惠，請洽業務部（02）22181417分機1120、1123

雲中歌

卷四 心繫半生願

國家圖書館出版品預行編目資料

雲中歌〔卷四〕心繫半生願 / 桐華 著.
-- 初版. -- 新北市：
野人文化出版：遠足文化發行, 2012.1
224面; 15 × 21公分. --（茶蘼坊；16）

ISBN 978-986-6158-68-1（平裝）

857.7　　100020551

雲中歌〔卷四〕心繫半生願

線上讀者回函專用 QR CODE，您的寶貴意見，將是我們進步的最大動力。

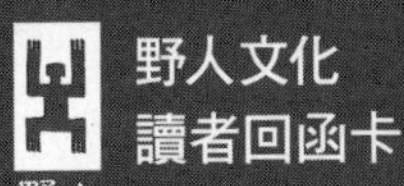

野人文化
讀者回函卡

感謝你購買《雲中歌》卷四　心繫半生願

姓　名　　　　　　　　□女 □男　　年齡

地　址

電　話　　　　　　　　手機

Email

□同意 □不同意　　收到野人文化新書電子報

學　歷 □國中(含以下) □高中職　□大專　□研究所以上
職　業 □生產/製造　□金融/商業　□傳播/廣告　□軍警/公務員
□教育/文化　□旅遊/運輸　□醫療/保健　□仲介/服務
□學生　□自由/家管　□其他

◆你從何處知道此書？
□書店：名稱 ____________　□網路：名稱 ____________
□量販店：名稱 ____________　□其他 ________________

◆你以何種方式購買本書？
□誠品書店　□誠品網路書店　□金石堂書店　□金石堂網路書店
□博客來網路書店　□其他 ________________

◆你的閱讀習慣：
□親子教養　□文學　□翻譯小說　□日文小說　□華文小說　□藝術設計
□人文社科　□自然科學　□商業理財　□宗教哲學　□心理勵志
□休閒生活（旅遊、瘦身、美容、園藝等）　□手工藝／DIY　□飲食／食譜
□健康養生　□兩性　□圖文書／漫畫　□其他 ________

◆你對本書的評價：（請填代號，1. 非常滿意　2. 滿意　3. 尚可　4. 待改進）
書名 _____ 封面設計 _____ 版面編排 _____ 印刷 _____ 內容 _____
整體評價 _____

◆你對本書的建議：

野人文化部落格 http://yeren.pixnet.net/blog
野人文化粉絲專頁 http://www.facebook.com/yerenpublish

廣　告　回　函
板橋郵政管理局登記證
板 橋 廣 字 第 143 號

郵資已付　免貼郵票

23141
新北市新店區民權路108-2號9樓
野人文化股份有限公司 收

請沿線撕下對折寄回

書名：雲中歌〔卷四〕心繫半生願　　書號：0NRR0016